U0041538

チルドレン

目錄

導讀

奇想・天才・傳說

張筱森

雖然是篇談論伊坂幸太郎的文章，不過請先讓我稍微離題談一下二〇〇六年的第一百三十四屆直木獎。這屆的大事當然是東野圭吾在五度鎩羽而歸之後，終於以《嫌疑犯X的獻身》獲獎；可說是了卻他一樁心願，也替其出道二十年錦上添花一番。東野連續五度提名五度落選的事蹟，讓日本大眾文壇和讀者之間開始悄悄地流傳著一個聽來有點辛酸的名詞「東野圭吾路線」，意指不斷被提名、不斷落選，然後過了該得直木獎年紀的作家。而東野總算在第六次的提名擺脫了這個看似不太名譽，不過差一步就會變成傳說的不幸陰影。但是在東野終於獲獎的這樣可喜可賀的事實背後，其實也存在著一名極為有力的「東野圭吾路線」候選人，那就是本文主角——伊坂幸太郎。

伊坂幸太郎，一九七一年出生於千葉，畢業於位在仙台的東北大學法學部。小學時和一般小孩一樣閱讀各式各樣的兒童讀物，年紀稍長之後開始看當時流行的國產娛樂小說，如：都築道夫、夢枕獏、平井正和等人的作品，高中時因爲看了島田莊司的《北方夕鶴2/3殺人》後，成了島田書迷。而在高中時，因爲一本名爲《何謂繪畫》的美術評論集，啓發伊坂認爲能使用想像力生存是件非常幸福的事情，而小說恰好可以一人獨立從頭開始，自己應該也辦得到；因此他決定在進入大學之後開始創作，再加上喜愛島田的作品，便選擇了寫推理小說。進入大學之後則開始閱讀純文學，尤其喜愛諾貝爾文學獎得主大江健三郎的作品。

也因爲他將對運用想像力的憧憬著力於小說創作上，於是各項具有想像力的元素都漂浮在其作品中，如法國藝術電影、音樂、繪畫、建築設計等等，使得讀者在閱讀推理小說的同時，也彷彿看了一場交織著奇異幻境寓言、生命哲思與青春況味的文藝表演。

巧妙地融合脫離現實生活的特殊經歷以及不可思議的冒險活動，一向是伊坂作品的創作主軸，這種奇妙組合，正是伊坂風靡了無數熱愛文學藝術的青年讀者的重要原因。

這樣的他，在一九九六年曾經以《礙眼的壞蛋們》獲得山多利推理小說大獎佳作，不過一直要到二〇〇〇年以《奧杜邦的祈禱》獲得第五屆新潮推理小說俱樂部獎後，才正式踏上文壇。奇特的故事風格、明朗輕快的筆觸，讓他迅速獲得評論家和讀者的熱烈歡迎，不光是在年度推理小說排行榜上大有斬獲。二〇〇三年以《家鴨與野鴨的投幣式置物櫃》拿下吉川英治文學新人獎，二〇〇四年則以《死神的精確度》獲得日本推理作家協會短篇部門獎，更在二〇〇三到二〇〇六年間以《重力小丑》、《孩子們》、《死神的精確度》、《沙漠》四度獲得直木獎提名，可以看出日本文壇對他的期待和重視。

伊坂到二〇〇六年爲止總共發表了八部長篇、四部短篇連作集和一篇短篇愛情小說。因爲喜歡島田，而決定創作推理小說的伊坂，打從一出道就以推理小說新人獎得獎作《奧杜邦的祈禱》獲得各方注意；然而《奧杜邦的祈禱》卻長得一點都不像讀者們所熟悉的推理小說模樣。伊坂曾經說過，「寫作的時候，我並不喜歡描寫眞實的現實生活，而是想寫十分荒唐無稽的故事。」《奧杜邦的祈禱》正是這樣特殊，有著前所未有的奇特設定的一部作品。一個因爲一時無聊跑去搶便利商店的年輕人伊藤，意外來到一座和日本本土隔絕一百五十年的孤島，孤島上有個會說話、會預言未來的稻草人優午。優午告訴伊藤，自己已經等了他一百五十年，而伊藤這個外來者將會帶來島上的人所欠缺的東西。留下這般謎樣話語之後，優午就死了，而且還是身首異處、死得相當悽慘。這短短幾句描寫，就能夠看出伊坂作品最顯而易見的特殊之處：「嶄新的發想」，我想很難有讀者在看了這樣奇異至極的開頭，而不繼續往下翻去，畢竟「會講話的稻草人謀殺案」實在太過特殊。而這種異想天開、奇特的發想，就成了伊坂作品中一個非常重要而且難以模仿的特色，在他往後的作品當中都可以看到這樣的特色，以死神爲主角的《死神的精確度》便是個好例子。

然而空有奇特的發想，沒有優秀的寫作能力也無法讓伊坂獲得現在的地位。第二作《Lush Life》便是讓讀者更認識伊坂深厚筆力的作品，畫家、小偷、失業者、學生、神、心理諮商師等等眾多人物各自在五個故事線中登場、彼此的人生互相交錯。如何將這五條線各自寫得精采絕倫，而在彼此交錯時又不落入混亂龐雜的境地，最後將所有故事線收束於一個點上。伊坂在敘事文脈構成上展現了高超的操控能力，就像不斷地在本作出現的艾雪的畫一般地令人目眩神迷。複雜的敘事方式中包含著精巧縝密的伏線，並且前後呼應，而此極爲高明的寫作方式，在第四作《重力小丑》、第五作《家鴨與野鴨的投幣式置物櫃》中也明顯可見。

筆者和大部分的台灣讀者一樣對伊坂最早的認識來自於《重力小丑》一作，對於本作中那幾乎只能以毫無章法來形容、或者可說是某種文字遊戲的章節名稱印象深刻。但在閱讀了伊坂的其他作品之後，便能夠理解日本文藝評論家吉野仁所指出的伊坂作品的一種極爲另類的魅力來源——「將毫無關聯的事物組合在一起」，像是「鴨子」和「投幣式置物櫃」明明是毫無關聯的東西，卻成了小說。或是書名爲《蚱蜢》內容卻是殺手的故事，這樣的奇妙組合讓伊坂的作品乍看書名就能吸引讀者的目光一探究竟。而更引人注意的是，這樣看似胡鬧的作法，也散見於每部作品的內容和登場人物的言行之中。在《家鴨與野鴨的投幣式置物櫃》中，主角的鄰居甫一登場就邀他一起去搶書店，而目標僅僅是一本《廣辭苑》!?在《重力小丑》中，春劈頭就叫哥哥泉水一起去揍人。然而在這些登場人物的異常行動，或是令人不由得笑出聲來的詞句背後，其實隱藏著各種人性的黑暗面。《奧杜邦的祈禱》中，仙台的惡劣警察城山毫無理由的殘虐行徑、《重力小丑》中的強暴事件、《魔王》中甚至讓這樣的黑暗面以法西斯主義的樣貌出現。伊坂總以十分明朗、輕快並且淡薄的筆觸，描寫人生很多時候總會碰上的毫無來由的暴力。如此高度的反差，點出了一個伊坂作品世界中的重要價值觀——在面對突如其來的暴力時，該如何自處？該怎麼找出最不會令自己後悔的生存方式？

如果將毫無理由的暴力推到最極致，莫過於「死亡」了，只要是人，難免一死，那麼人類該怎麼和終將來臨的死亡相處？從《奧杜邦的祈禱》中的稻草人謀殺案起，這個問題意識就一直在伊坂作品的底層流動，筆者想隨著此次伊坂作品集出版，讀者在全部讀過一遍之後，應該也都能得出屬於自己的答案。

而在熟讀伊坂作品之後，讀者便會發現伊坂習慣讓他筆下所有人物產生關聯，先出現的人物一定會在之後的作品登場。像是深受台灣讀者喜愛的《重力小丑》兩兄弟，也會在之後的某部作品中出現，這樣的驚喜也十足地展現了伊坂旺盛的服務精神。

在文章開頭提到伊坂是極有力「東野圭吾路線」候選人，如實地反應出日本讀者和評論家對於伊坂遲遲不能獲獎的難以理解。但是筆者忍不住想，就這樣成爲直木獎史上的傳說，似乎無損於伊坂的成就。畢竟就像日本推理天后宮部美幸說的：「伊坂幸太郎是天才，他將會改變日本文學的面貌。」做爲一名讀者，能夠和一位不斷替我們帶來全新小說的天才作家相遇，就是一種十足的幸福。

作者介紹

張筱森，推理小說愛好者，推理文學研究會（MLR）成員。結束了日本囤積推理小說的留學生涯後，回到台灣繼續囤積。

推薦語

詹宏志

讀到伊坂幸太郎《死神的精確度》的時候，醍醐灌頂一般，我突然感覺他眞的已經瓦解了二十世紀我們對推理小說一切既有的理解，更把想像力的邊境再度大大地拓寬。

如果現有的推理小說已經走到山窮水盡，伊坂幸太郎一定是那位使日本推理小說命運柳暗花明的人物。

05

銀行 *Bank*

JUNK・垃圾

鴨居心想：說眞的，到底是哪裡出了差錯？

雙手被反綁，雙腳也以跪坐的姿勢被繩子綁住。更糟糕的是，儘管雙眼沒有被矇住，臉上卻多了個很容易在祭典時買到的塑膠製面具。稍加想像就知道這是某個動畫角色的面具，只是無從判斷這個角色到底叫什麼名字就是了。搶匪也爲其他人質戴上面具，氣氛早已超越了滑稽的境界，詭異無比。和被銀行搶匪抓起來當人質一事比起來，更令鴨居感到可怕的是他都已經是個大學生了，卻要被迫戴上這種幼稚的東西。

照理說，以鴨居爲首的所有人質應該都很緊張不安，唯獨鴨居身旁的陣內還是聒噪不休。

「我以前讀的高中，可是以嚴格管教出名的喔。要說是毫不容情，還不如說所謂的秋霜烈日（註）就是我們學校的校規，所以我早就習慣這種自由遭到剝奪的狀況了。」陣內剛剛把臉湊過來，小聲地說道。

你還眞是個愛講話的傢伙呢，鴨居心想。

「你們還是安靜一點比較好喔。」後面有個男人探頭小聲說道，這人應該是分店長。雖然他那頭少得可憐的頭髮跟他的年齡很相稱，但是戴上面具後更強調出他頭髮稀少的特徵。

鴨居瞄了瞄時鐘，已經是下午四點了。

早知如此，今天應該更早一點來銀行。若眞要問到底哪裡出差錯，肯定就是錯在那個時候。

當鴨居及陣內在一小時前來到位於仙台車站東口的銀行分行之際，銀行的鐵門早已開始往下降了。鐵門降下超過一半，與其說他們尚在營業，還不如說已經要打烊了。陣內卻視若無睹，宛如「總算在最後一刻趕上了」似的，雙手抱著原本背在肩上的吉他箱，彎腰從關了一半的鐵門及地板之間的空隙鑽了進去。

「這明明就是沒趕上嘛。」鴨居苦笑。但陣內並沒聽到這句話，反而從裡頭喊道：「喂，快點進來啊。」

雖然他們認識的時間只有半年多，不過鴨居大致瞭解陣內這個朋友的個性，當然也知道他不會聽自己的意見。固然不太願意，鴨居還是隨後鑽了進去。

一進到銀行，就看見一名戴著眼鏡的行員正與陣內面對面。對方面帶些許僵硬的笑容，不斷

註：原意爲極嚴厲的刑罰、威權意識，現則爲日本檢察官的象徵。

向陣內鞠躬，陣內則宛如自己是全國存款第一多的客人似的，大剌剌地、滔滔不絕地與行員理論。

這間分行規模不大，只有三個服務窗口，行員人數也不多。

「本日營業已經結束了。」那名戴眼鏡的行員拚命向陣內解釋。鴨居對那名行員不顯高傲或嚴厲的溫柔語氣及對應態度頗有好感，甚至讓他想要站在行員那邊勸勸陣內。

「客人上門，你們卻拉下鐵門，這是什麼意思啊？」陣內很不客氣地問道。「三點一到就打烊的必要性究竟在哪裡？三點整結束營業對誰有好處？把我趕出去又能讓誰得到幸福？你倒是告訴我啊！」

「您有急需嗎？」戴眼鏡的行員委婉地問道。即便面對陣內這個不滿二十歲的小伙子，他仍秉持著絕不能惹顧客生氣的基本精神。

「當然是有嘛。」

明明就沒什麼大不了，鴨居在內心嘆口氣。陣內不過就是想把剛匯進戶頭的打工薪水領出來付學費而已，即便銀行打烊，還是能利用銀行旁邊的自動提款機把錢提出來。其實用不著如此費事找人理論，但陣內說什麼就是不肯讓步。

「打烊時間有什麼了不起？客人應該比打烊時間還重要吧。俗話說得好，TIME IS

MONEY，時間就是金錢。而銀行是寄放金錢的地方，換句話說，存放的時間應該也很多才對，不是嗎？」

簡直亂七八糟，鴨居皺起眉頭。用這樣不成理由的理由來造成他人的困擾，是陣內的壞習慣。尤其是碰到年紀比他大的對象時，他更愛逞強。鴨居認爲陣內可能下意識地將眼前的年長男性與他視爲仇敵的親生父親身影重疊在一起，非得壓過眼前這個他憎恨、厭惡及嘲笑的對象——取代父親形象的人，他才會高興。

「你別鬧了，人家都不知該如何回應了啦。」鴨居站在陣內身後勸他。

「我啊，最討厭那種死板的規矩了。不懂變通的人絕對是哪裡有問題。」陣內一臉不屑地說。

鴨居抓了抓頭。眞要追究起來，明明就是該來銀行辦事的時間不來，反而跑去速食店大啃垃圾食物，以致看錯時間的你不對吧——鴨居原本打算開口指責陣內，但未能說出口。

因爲搶匪闖進來。

兩個手持獵槍的男人由即將關上的鐵門縫隙鑽進來，迅速舉槍對準行員們。

鴨居嘴巴張得老大，轉眼望向陣內發出無言的疑問：這算啥？即便是陣內也被眼前的情景給嚇呆了。

GANG・惡黨

兩名搶匪的犯案手法乾淨漂亮。

兩人都戴著大鏡片的太陽眼鏡，與粉刷工人或拆屋工人用來避免吸入粉塵的制式碗形口罩，戴著手套的手拿著槍，臉頰上還用紅色膠帶貼了一個X記號。鴨居想不通他們爲什麼要在臉上貼膠帶。

他們最先採取的舉動就是像在揮動球棒似地揮舞獵槍，破壞銀行內所有監視器，此時外面的鐵門在鴨居未察覺之際已完全關閉。

兩名搶匪都穿著灰色西裝，外觀及髮型很像，但身高差將近十公分，所以很容易辨認，也就是大的跟小的。鴨居心想：這就跟速食店用大小來區分飲料的道理一樣嘛。

鐵門關上之後，高大的男人打開手邊的深藍色旅行袋拿出白色塑膠繩，對離他最近的女性行員說：「用這些繩子把在場所有人綁起來。」

大部分的人質是銀行行員。十二名人質中，行員就佔八人，鴨居、陣內、另一名青年與一名看似主婦的女性則是一般客人。

「全部綁起來。」高大的搶匪命令道，隨後又拿出面具對女性行員說：「綁好後，幫他們戴上面具。」動畫角色的面具與遭遇銀行搶匪，兩者極不搭調，這讓鴨居非常困惑。

「此外，若有人身上帶了手機，妳就把它們全都收集起來，放在我前面。」搶匪又下達了另一個指示。

女性行員戰戰兢兢地點頭，開始執行。

她先用繩子綁住每個人，再爲大家戴上面具。這個場面奇妙又詭異。最後她搜了每個人的口袋，拿走手機。

有機會說話了。

鴨居趁著被反綁的時候，面向身旁的陣內抱怨：「要是你少說一點廢話，快點把事情辦好，咱們也不會落得如此下場！」

陣內一臉意外地說：「你是說，這都是我的錯嘍？明明是那兩個連待辦號碼牌都沒抽的搶匪不對。你自己看看那邊寫什麼，不是寫著『有事待辦的顧客，請抽號碼牌』嗎？要辦事，本就該守規矩排隊才是。」

言猶在耳，一名搶匪隨即走近窗口櫃檯，抽了張號碼牌。

PUNK・龐克

鴨居突然回想起第一次見到陣內的情景。那是鴨居剛升上大學不久，朋友也少，換言之就是時間多到不曉得該怎麼用，沒有目的地漫步在夜晚街道上的春天。

當時陣內抱著吉他，在熱鬧的商店街一旁的小巷道上演奏著鮑伯·迪倫（註）的歌曲。他獨自一人像自暴自棄似地快速彈奏吉他，左手指頭彷若跳舞般來回琴衍、右手則不慌不忙地撥弦。由於跟原曲的旋律與節奏相差甚遠，鴨居花好長一段時間才聽出他彈奏鮑伯·迪倫的曲子。

其他街頭藝人四周都多少有些聽眾，相較之下，陣內周遭只有鴨居一人。原因應該是他所彈的與那種能夠吸引人群、使人陶醉的曲調相去甚遠；硬要說，他的演奏根本就是在挑釁路人，故意引人反感、退避三舍。若當時鴨居急著趕路，想必不會聽到最後。

演奏後，陣內面無表情地走近鴨居，開口問他：「如何？」

「是很高明，但也太亂七八糟了，歌詞根本就聽不清楚嘛。」鴨居很誠實地回答，不料陣內反倒開心地露齒笑著回答：「是嗎？」

隨後他很自豪地表示自己演奏貨眞價實的龐克樂。他說：「所謂的龐克樂，就是要勇於面對。」

日後鴨居才知道陣內的父親對他相當嚴格。雖不知陣內的父親究竟是大企業的幹部、在公家機關上班的公務員，抑或是律師、醫生、教師等擁有資格執照之職業當中的哪一種，總之在社會上擁有一定地位。

陣內說他父親從不誇獎孩子、也不曾說過任何笑話，家裡總是瀰漫著一股嚴肅的氣氛。

陣內皺起眉頭說：「他剛愎自用又愛瞎掰，是個不會行動，只懂得囤積知識的傢伙。你絕不會從他嘴裡聽見『不知道』這三個字。」然後又苦笑著補上一句：「他既嚴厲又自負，更扯的是他還很不要臉！」

當鴨居聽到陣內這段話時，心想：不要臉……，這形容得太誇張了吧？

陣內宛如在談論他人之事似地說：「我那個老爸竟然付錢跟一名十幾歲的少女上床，夠扯了吧？」當時鴨居只回了一聲「喔」。

「我對一般常識及道德不怎麼在乎，若我老爸只是好色那也算了，不過一想到那個剛愎自用又自信滿滿的老爸，最後仍然掏錢跟女高中生買春，就讓我很不爽。他跟那些假裝很聰明，卻對

註：鮑伯・迪倫（Bob Dylan,1941～），美國民謠搖滾史上的傳奇人物。〈*Blowing in the Wind*,1963〉在反戰和民權運動中被反覆傳唱，〈*Like a Rolling Stone*,1965〉被搖滾雜誌《滾石》選爲史上最偉大的五百首歌曲第一位。

學生下手的高中老師一樣，這些光說不練又自以爲是的傢伙，最會這種老掉牙的手法。他若很低調地這樣做也就罷了，但像那樣裝模作樣眞的再差勁不過了，你說是吧？總有一天我一定要扁那個老頭一拳，否則我氣沒辨法消！」陣內滔滔不絕地講起來。

鴨居因此理解到陣內表現出來的反叛心及彆扭的言行，絕大因素來自他對父親的憤怒。

所以當看到陣內在還沒被綁起來之前就站起來，鴨居並未太過意外，畢竟「勇於面對」是他爲人處事的基本方針。

基於他那「勇於面對」的精神，要是被搶匪一喝令就悶不吭聲，這與不挺身反抗戴著嚴肅面具的買春老爸一樣，是不可原諒的行爲。

手持繩索的女性行員嚇一跳，臉色蒼白地抬頭望著陣內。陣內無視望著他的行員，快步朝前方那名搶匪走去。

「喂！你幹什麼？」搶匪將槍口指向陣內，拿下口罩後大聲對陣內喊：「不要動！你再輕舉妄動，我們就要開槍了！」

陣內自信滿滿地說：「反正那一定是假槍吧？你們從進來至今連一槍都沒開過，破壞監視器時也是，明明開槍比較快，你們卻刻意拿槍托去敲。」

陣內沉穩地逼近那名搶匪，大笑著說：「我早就已經看穿你們手裡拿的是假槍啦，可別以爲我會乖乖聽話！」

陣內出手的速度很快，一下子就抓住了搶匪手中的槍身。不過這樣的舉動實在太過危險，鴨居瞬間閉上眼睛，輕呼一聲：「那個笨蛋……」

搶匪猛力推開陣內，對方身材雖然矮小，看來力量好像還蠻大的。陣內被這麼一推，整個人退到客服窗口旁。但他並未就此放棄，扶著櫃檯，他重新站穩並再次撲向搶匪。

搶匪發出怒吼，與陣內扭打起來。此時，槍聲響起。

站在後面的高大搶匪朝著天花板開了一槍，緊接著又連開兩槍，隨後瞄準陣內，大聲喊道：「這樣你還認爲我們拿的是假槍嗎！」

鴨居屏住呼吸，環視現場，與行員們的視線一一對上。雖然彼此都戴著面具，但鴨居可以確定他們的表情一定非常僵硬。

身材矮小的搶匪皺眉咂嘴，大概是他們的計畫當中並不包含開槍吧。

有個人質說：「請……請冷靜一點。」是那個頭髮稀少的分店長。

情緒明顯亢奮起來的搶匪直接大喊：「禿頭分店長，你給我閉嘴！」其他人質被這突來的怒吼給嚇得挺直了腰桿。興奮過頭而失去冷靜的搶匪說：「我就知道帶真槍來是正確的選擇，沒錯吧？不帶真槍還當什麼搶匪啊！」

至於陣內，他總算是認命地將雙手插進牛仔褲的口袋裡，一路後退到鴨居的身邊坐下。

之後，跟其他人質一樣雙手遭綁的陣內將臉湊近鴨居，眼睛睜得大大地說：「你看到了嗎？那是真槍耶。我差點就被他們開槍打死了。」

鴨居轉過頭去。真是，懶得理你了。

不到十分鐘，所有人全被綁了起來。

除了陣內剛剛引發的騷動，女性行員像是在執行綑包作業的機械一般，熟練地用繩子一一將眾人的雙手雙腳結實地綁住，並將從眾人身上搜來的手機全放在櫃檯上。

最後，身材高大的搶匪將那名女性行員綁好，十二名人質就這麼湊成一打。

PANIC・恐慌

那名高大的搶匪的聲音聽起來還是有點高亢。「我們拿完錢之後會馬上離開。若有人想上廁所就舉個手，只要大家合作一點，我們也能很快完成我們的行動。」他大聲說著這些話時，聲音還是有點尖銳。

此時，陣內再次大叫道：「哪有人會笨到跟你們這些銀行搶匪合作啊！」

你也太不知死活了吧，鴨居不禁變臉。不……，或許其他人也是同樣的想法。鴨居原以為在這一瞬間，陣內會被那兩名搶匪開槍射擊。鴨居其實很期待搶匪開槍。只要不將陣內打成重傷，他應該會因此學到教訓。不料兩名搶匪卻意外寬大，雖皺了皺眉顯得很不快，槍口也依然對著陣內，卻沒有扣下扳機的意思。

陣內非但不感謝對方的寬宏大量，反而繼續吼叫：「當銀行搶匪除了得負擔很多風險，又沒什麼好處可圖。就拿人質來說吧，人質只會給你們造成麻煩！你們這樣綁住人質，人質不但會肚子餓，還會想上廁所，根本就只會不斷困擾你們，不是嗎？」

鴨居心想，陣內所言倒也不無道理。

人質雖是搶匪的保命繩，但同時是潛藏的不穩定因素。如果人質恐慌起來或是突然生病，那再麻煩不過了。此時需要很熟練的技巧才能好好控制現場情況。

忽然，外面響起巡邏車的警笛聲。

就算隔著一層窗簾，還是能清楚看見紅色的回轉燈。雖不曉得一共來了幾輛警車，不過煞車聲連續不斷地傳來，大老遠就能聽見擴音器。

很不可思議的是，鴨居直到聽見外面傳來的聲音才實際感受到自己眞的被捲入這樁搶案。眼前所見的事物使他不由得緊張起來，同時也更眞切地體會到目前的處境。

兩名搶匪的遲疑和不安連鴨居都感受到了。他們因警車的出現而驚慌失措起來。

的確，闖進銀行後，兩名搶匪的行動相當漂亮，毫無破綻，完美到値得嘉獎，行員連按防盜鈴的機會都沒有。由此可知，警車這麼快就來到現場確實大出兩人意料之外。

有個男性人質出聲說：「一定是有人聽到剛剛的槍聲，才去報了案。」這話聽起來像是在辯解，告訴搶匪「並非我們按下防盜鈴，我們可沒背叛你們唷」一樣。

矮小的搶匪斥責高大的同伴：「我不是說過，叫你別開槍嗎？」

高大的搶匪完全處於亢奮狀態，尖聲回吼：「搶匪不開槍，還算哪門子搶匪啊！」

警察的到來使搶匪變得坐立難安。

鴨居則是到了這個節骨眼，才開始思考究竟是哪裡出了差錯。

兩名搶匪在一旁交頭接耳一番之後，舉槍指著坐在鴨居後面的男人說：「喂，分店長。銀行裡面就只有這些人，沒其他行員了吧？」

鴨居轉頭，看到戴著面具的分店長點頭說：「是的。」

搶匪問：「那扇門後面放了什麼？」

「那裡面放著行員專用的置物櫃。」分店長的語氣相當溫和有禮。

他們好像下了什麼決定似地點頭說：「喂，分店長。跟我們走，我們要確認一下裡面確實沒有躲人。」

「眞的沒有其他人躲在裡面啦。」分店長的音調變得有點高亢。高大的搶匪大聲吼道：「少用那種上司的口氣回話！叫你過來就過來，禿頭分店長！」

搶匪解開分店長腳上的繩子，不容分說地拉他站起來，拖著他走向那扇門。

打開那扇門後，高大的搶匪及分店長的身影消失在門的另一邊，銀行內再度恢復沉靜。

AMP・揚聲器

鴨居等人一言不發，乖乖坐在地板上。因爲戴著面具，導致呼吸有點困難，呼出去的氣被塑膠面具反彈回來，使面具與臉之間堆積不少濕熱的空氣。再加上一直坐在地板上，地板的沁涼好像已經完全滲透進臀部了。

鴨居突然感覺到陣內的視線。雖然他認爲陣內一定又是想到什麼無聊的主意，打算加以忽視，陣內卻一直瞪著他看，這使鴨居不得不服輸，轉頭看著陣內。

陣內轉動他那對藏在面具後的雙眼，先將視線對向留下來的那個身材較為矮小的搶匪，又將視線移回鴨居身上，然後再次看向搶匪。

鴨居嘆了口氣，他知道陣內大概想說：「只剩下那個搶匪，合你我兩人之力應該有辦法制住他吧？」

鴨居搖搖頭，把臉湊近陣內，小聲說：「別傻了。」

「放心，沒問題啦。」

鴨居很清楚，陣內通常都是在毫無根據的情形下說出「沒問題」這三個字。

「咱們現在被綁著耶。」

「就算被綁住，至少還可以飛撲到搶匪身上啊。」

鴨居用特別強調的語氣說：「給我聽好，你想幹什麼是你家的事，不過你的行為可能會害在場所有人遭到槍殺耶。」陣內有個很不好的習性，總是想到什麼就付諸行動，即便因此造成周遭他人的困擾或損失，他也會認為那是無可奈何。

正當此時，鴨居看到右邊的婦人很痛苦地喘著氣，她的肩膀上下起伏得很厲害，看似氣喘或心臟病發作。

鴨居問：「妳還好吧？」她回答：「嗯……還好。」她的聲音聽起來有點哽咽，原來是在哭。想必是因爲恐懼及不安。鴨居一直以爲眼前這種上了年紀的中年婦人哭泣的畫面只有在喪禮或電影中才存在，因而感到有點意外。

「只要乖乖聽搶匪的話，應該就不會有事。」鴨居笨拙地試著安慰這名婦人，不過這句話對她似乎起不了什麼作用。縱使她臉上戴著面具，但光從急促的呼吸便能清楚判斷她正啜泣著。

「喂，你們很吵喔。」搶匪持槍慢慢走近。

鴨居回答：「她被你們嚇壞了。」

「不……，我、我沒事……」中年婦人雖這麼說，但看起來根本就不像沒事的樣子。她仍低著頭啜泣，很明顯地，就算她現在因爲過度緊張而昏倒，也不足爲奇。

陣內咂嘴的聲音之大，連鴨居都聽見了。他以不耐煩的眼神瞄一眼那名婦人，隨後很不高興地移開視線。

不久，陣內站起來。由於他的舉動太過唐突，所有人都看傻眼。陣內將被綁住的雙腳同時踹向地面，並靠臀部保持平衡，像是海獅在表演特技般一口氣站起來。雖然他那副模樣看起來很蠢，但總算是得以起身。

這發生在一瞬間的事使搶匪啞口無言。搶匪並未因慌張而扣下扳機，實在算陣內走運。

「讓我彈吉他！」

鴨居原本還在猜陣內會說什麼，想不到他居然抬了抬下巴指著倒在他腳邊的吉他箱，像個正在鬧彆扭的小孩一樣，賭氣地開口要求：「解開我的雙手，讓我拿吉他。我說我要彈吉他，你聽不懂是不是啊！」

鴨居抬頭盯著陣內，懷疑他是否還神智清醒，因爲這實在不是普通人在面對持槍搶匪時會採取的行動。

「不准輕舉妄動，給我乖乖坐下。」搶匪用手槍指著陣內。

一旁的中年婦人顯得更爲害怕，她發出一聲悲鳴，身體不停地發抖，鴨居甚至懷疑她很有可能嚇到失禁。他瞪著陣內，心想：都是你多此一舉害的啦。陣內則是完全不加理會，最後犯人以手槍硬逼他再次坐下。

現場只剩一名搶匪的狀態持續了好幾分鐘，消失於另一間房間的搶匪及分店長遲遲未回。

在場所有人都很緊張，銀行內一片死寂，安靜到人質們可以聽到彼此的心跳聲。外面的警察到底在搞什麼鬼——鴨居心中已咒罵上百次了。他身旁的婦人低頭不斷啜泣，使氣氛顯得更爲緊張壓迫。

不久，傳來一個聲音讓鴨居嚇了一跳。起初鴨居以爲是誰的低語或呻吟，結果都不是，而是一句句高低起伏、抑揚頓挫的歌聲。鴨居往旁邊一看，歌聲的主人果然是陣內。他不在意臉上的面具，逕自唱起歌來。

其他人質的視線全集中到他們這邊來，突來的驚訝與困惑使鴨居覺得萬分不好意思，很想把臉遮起來，但他隨即想到自己臉上早已戴著面具。

鴨居一下子就聽出是什麼歌。這首曲子平穩卻帶有力量、纖細又美妙，正是披頭四的歌。鴨居心想：這不就是保羅·麥卡尼在約翰·藍儂離婚時所作的曲子嗎？

陣內的聲音跟保羅·麥卡尼實在非常相像，那有如現場重現的唱腔更令鴨居感到驚訝。

鴨居從未聽過，陣內竟會如此遵照原曲內容演奏或詮釋。

一回神，鴨居才發現自己已沉迷在陣內的歌聲中。他相信其他人質也一樣，說不定連那個留下來看守的矮小搶匪都沉醉其中。陣內的歌聲如此美妙。既美妙又高明，甚至可用巧妙且狡獪來形容。

在沒有揚聲器及吉他的情況下陣內清唱著披頭四的名曲，使得原本充塞在銀行內的緊張氣氛稍稍鬆緩了。不過他卻突然不唱了。

這一停，使鴨居不由得「咦」了一聲。

陣內瞪大眼睛問：「你怎麼了嗎？」

我還想再多聽一會兒——這句話鴨居實在說不出口，只好改口問：「你幹麼突然唱起歌？」

陣內很不高興地回答：「哼，我最討厭那種哭哭啼啼的大人！」說完還瞄了那個中年婦人一眼。

「這跟披頭四有什麼關係？我實在搞不懂。」

搶匪生氣地說：「你們給我安靜一點。」不過口氣聽起來並沒有很強硬。鴨居心想：對方大概也還沉浸在陣內的歌聲餘韻中吧。

陣內不耐煩地說：「之前我看過一部電影，裡面有跟剛剛類似的場景。」

「什麼樣的場景？」

「就是用歌聲來化解緊張的氣氛啊。」

說實話，鴨居並不相信音樂具有治療人心、鼓勵他人的效果。由於鴨居常對陣內說娛樂不過就是娛樂，試圖在娛樂當中尋求其他價值是很愚蠢的行爲，因而陣內的回答著實令他感到相當意外。

鴨居一邊問：「是哪部電影？」並一邊想像那必定是一部描寫人心纖細微妙之處的好電影，畢竟那是一部提到用音樂救人的電影嘛！

不料陣內以很不以爲意的表情回答：「我記得那是……《鬼玩人》（註）的第二部，應該就是《鬼玩人二》吧」

「是喔。」鴨居聳聳肩。

不知何時，坐在鴨居身旁的婦女已不再哭泣。

又過了一會兒，另一名搶匪押著分店長回來。分店長縮緊了雙肩、弓著身子，走起路來明顯地很吃力，好像已疲累不堪。

身材高大的搶匪對他的同伴聳了聳肩。「裡面還躲了兩個行員。」

分店長看起來相當害怕，整個人幾乎縮成一團。

「還有兩個行員？那你怎麼處置他們？」身材矮小的搶匪問。

「我拿槍威脅他們，用繩子把他們綁住，然後就丟在那間房間裡。你這邊沒什麼異狀吧？」

矮小的搶匪回答：「嗯，沒有。」他並未提及陣內唱歌一事，大概是他自己也在逞強，認爲這不值一提吧。

註：《鬼玩人》（*Evil Dead*）系列電影由《蜘蛛人》（*Spider Man*, 2002）的導演山姆·雷米（Sam Raimi, 1959～）執導。第一部爲其學生時代的獨立製作，如今被視爲恐怖片經典之一。二、三部的風格則逐漸轉爲黑色幽默類型。

分店長的雙腳再次被綁起來，一旁戴著面具的行員們將臉湊近分店長，好像在講什麼悄悄話似的，只是鴨居聽不太清楚。

只聽見一名搶匪以肯定的語氣強調：「這表示我們總共有十四名人質。」

RANK・階級

在那名青年自行提及此事之前，鴨居完全沒發現到坐在那名中年婦人前面的他原來是個盲人。

對方被戴上面具之前，鴨居曾稍稍瞄到了他的長相，看來此人年紀應該跟自己相差無幾。鴨居對他那整潔的容貌留下了印象，頭髮短而齊整、下巴線條纖細，不見任何多餘的脂肪或鬆垮跡象，雖談不上帥氣，不過給人一種很清爽的感覺。由於他戴著名牌凱文·克萊的流行款式太陽眼鏡，所以鴨居主觀認定那是他的裝扮特色。「你不把太陽眼鏡拿下來，沒關係嗎？」鴨居這樣問其實並沒有什麼太深刻的含意，只是覺得室內偏暗，一直戴著太陽眼鏡豈不是會給自己造成麻煩嗎？

結果這名青年男子一副很抱歉的樣子低頭說：「我的眼睛看不見。」

「眼睛？」

「我失明了。所以太陽眼鏡有戴沒戴都沒差。」

「失明？」鴨居如鸚鵡學舌重複的話傳入兩名搶匪的耳裡。高大的搶匪嘖了一聲，這一聲咂嘴的意思相當易懂。隨後搶匪大步走向這名青年，拿掉他臉上的面具後靜靜地摘下他的太陽眼鏡，伸手在他眼前揮了幾下，然後又將太陽眼鏡戴回他臉上。雖不知是怎樣判斷的，不過搶匪好像同意這名青年自稱失明的說法。

搶匪的表情變得有點苦惱。

鴨居認爲可能是因爲將這名視障青年做爲人質讓搶匪內心產生了罪惡感。也很可能是搶匪覺得這名全盲的人質只會給他們造成麻煩，因而不高興。又或是因爲對這名青年產生罪惡感等於是對視障者的一種變相歧視，搶匪因此自責。不管到底是因爲哪種緣由，總之身材高大的搶匪臉上擺出了一臉嫌惡的神情，並開始跟同伴商量事情。

坐在鴨居旁邊同爲人質的那名婦人，也就是剛剛還因害怕而哭個不停的那個女人，以很平靜的聲音問：「你眞的什麼都看不見嗎？」

青年也很平靜地回答：「是的。」

「哎呀。」婦人的聲音夾雜著感慨與驚訝。

「好棒喔，你是怎麼辦到的？」陣內從左邊探出身來，發出不明就裡的感嘆，聽起來不像是在開玩笑，而是眞的打從心底感到佩服。他可能完全不曉得失去視力到底是怎麼一回事吧。總之鴨居確信若是把陣內倒吊起來毒打一頓，頂多跑出「沒禮貌」及「不知客氣」這兩個詞而已。

鴨居也跟著問：「你眞的看不到嗎？」

失明的青年緩緩開口說：「你剛剛唱的那首歌還比較厲害一點呢，眞的。」

他很平靜地回答：「嗯，完全看不到。就像現在，我明明親身體會了如此特殊的事，卻什麼也看不到，眞令我扼腕。」這句話聽起來並不像是在逞強，他那沉穩的語調令人想到毫無風浪的大海。

「你從什麼時候開始失明的？」中年婦人的聲音中滿是教人感到滑稽的親切。

「從我出生開始。」青年的聲音很溫柔。「打從我誕生到世上，我就失明了。」

「眞是不得了啊。」婦女回答道。

鴨居差點笑出來。這名婦人說的話牛頭不對馬嘴，害他拚命咬著嘴唇忍住笑意。這名不靠視力走過將近二十年時光的青年現在肯定不覺得目不能視是件很「不得了」的事。鴨居覺得所有人質臉上戴著蠢到不行的面具、雙手雙腳被反綁的狀況還比較「不得了」一點哩。

鴨居將臉湊近青年，小聲地問：「你不會討厭別人拿你的視力當話題嗎？絕大多數的人都想拿自己跟他人比較，像是因爲你失明就覺得自己比你厲害或是不如你……」

他微笑著回答：「有時會覺得討厭，有時不會。不過，不管是我失明的事也好，還是因爲某些無聊的理由被他人任意比較也罷，這些我都已經習慣了。」

GONG・鐘聲

分店長突然像毛毛蟲般扭動身體，企圖站起來。他可能認爲講話得站起來講才行。

隨後他說：「能否請你們放了客人呢？這樣比較好。」

眞是令人感動的一幕。鴨居並未感動到流淚，他只是很驚訝地仔細觀察著分店長那戴著面具的側臉。

兩名搶匪沒有立即回答。他們在櫃檯前來回踱步，並未同意分店長的意見，卻也沒有發怒。不知時機算好或不好，此時電話響起。規律的鈴聲迴盪在銀行內，幾名人質抬起頭，另外幾名人質則是身子爲之一震。

鴨居直覺地認爲這通電話是開始的信號，也就是宣告警察與搶匪之間的比賽正式開始的鐘聲。

搶匪依然戴著口罩，走近櫃檯並拿起電話將話筒貼近耳朵，聽完警方的話之後答道：「人質平安無事，只要滿足我們的要求，我們就會放人質離開。」隔著口罩，搶匪的聲音聽起來不太清晰。「什麼要求？這我們會做進一步的指示，你們乖乖等著吧。」說完後，搶匪粗暴地將話筒掛上。

之後這兩名搶匪並肩站到鴨居等人前面，光看那變紅的耳朵就可知道高大的搶匪的臉色一定也漲紅了。「如果敢輕舉妄動，我就開槍打死你們。」聽起來他像是邊舔唇邊講出這句話。

「你們只要乖乖坐好，我們就不會傷害你們。我們只是想拿錢走人，懂吧？」矮小的搶匪的這句話，宛如是說給他自己聽的。

LAMP・燈火

根據銀行牆上的圓形時鐘顯示，通話過後至今已超過三十分鐘，警方卻沒有進一步聯絡。他們或許打算見招拆招，不過未免也拖太久了吧。這群笨警察，到底在搞什麼鬼啊？鴨居在心裡咒罵。

起初警車抵達銀行外時，兩名搶匪顯得手足無措，但現在不曉得是豁出去或是已經看開了，他們再次恢復冷靜，慢慢收集著排列在櫃檯上的紙鈔。

此時鴨居的腦海中突然浮現一個疑問。搶匪手中所拿的紙鈔似乎沒有多到值得冒險搶劫的程度，只是零頭小錢。而且一般銀行應該不會直接將錢擺在櫃檯上。鴨居聽說銀行櫃檯人員的後方會擺一台高度及腰的出納機，裡面只放著必要數量的紙鈔。那兩名搶匪雖然很熟練地操作出納機，將裡面的紙鈔、硬幣全部取出，但總額頂多一百萬圓罷了。

抓著人質躲在銀行內跟警方對壘，就只爲了搶這麼點錢，似乎不太划算。

「請問……」失明青年出聲了。

「是那個看不見的傢伙啊……」搶匪皺起眉頭。

就算不曉得對方的名字，也不該這麼沒禮貌地稱呼人家吧。鴨居苦笑了一下。

「我想去上廁所。」他對搶匪說道。

兩名搶匪倒也沒考慮太久，短暫交談過後便走了過來。

矮小的搶匪拿著槍，高大的那個則解開青年身上的繩子。「不要輕舉妄動。要是讓我看到你行動詭異，我會馬上開槍射殺你。即便不殺你，我也會隨便找個人開刀。這可不是威脅，是規矩。」威嚇之後，搶匪開始解開他腳上的繩子。

「我還有另一個請求。」失明青年平靜地繼續說：「我想請他陪我一起去上廁所。」

鴨居一時還無法理解，因爲他抬起下巴所指的人，正是坐在他左邊的鴨居。那名青年不像是因爲看不見而隨便指中鴨居，這使得鴨居更加困惑。

兩名搶匪看著鴨居，一起問道：「你嗎？」

鴨居有點搞不清楚狀況地歪了歪頭，露出友善的笑容。

「我每次上廁所時他都會幫我。」失明青年若無其事地撒了謊。「少了他，我上廁所就會花很多時間，特別是在這種我不習慣的地方，那就更不方便了。」

那名目不視物的青年不知是否因爲看不見，所以非常冷靜。他的態度恬淡，完全看不出懷著畏怯或恐懼，也看不出他有反抗的意圖。在此瞬間，說不定就連兩名搶匪都忘記他是人質。他們肯定以爲只是在跟一個視障青年聊著有關「廁所」的話題，由此可見他的舉止多麼自然。

「我不過是去上個廁所，馬上就回來。」他溫和地說：「能請你們順便解開他身上的繩子嗎？」

他該不會對我抱持著希望吧——鴨居略感不安。他該不會期望解開繩子之後，鴨居就會像好萊塢動作巨星一樣輕鬆地把兩名搶匪丟出銀行去，或是變身成如大蜥蜴之類擁有強力下顎的怪物將搶匪生吞活剝下肚。若他眞作此想，那眞的是想太多了。

「不要那麼小氣好不好！」此時陣內眞的是「伸出頭」管起閒事了。「鴨居他很聰明，不會自討苦吃啦。你們就快點解開繩子，讓他帶那個人去上廁所嘛！」

兩名搶匪對看一眼，點了點頭，高大的那個動手解開鴨居身上的繩子，矮小的搶匪則舉槍來回指著失明青年與鴨居。「若你們敢輕舉妄動，我會開槍殺了你們。」

「放心吧，鴨居只是爲那個看不見的人扮演照亮道路的明燈罷了。」陣內囂張地插嘴。「他知道當個人質該有的規矩啦。」

鴨居起身時雙腳及腰部感到有點痠痛，大概是因爲一直維持著同樣的坐姿。

青年也站了起來，在鴨居還不曉得該如何是好之時，他很快地伸出手抓住鴨居的右肩，動作流暢地讓人以爲他並未失明。

廁所在那邊。搶匪指著櫃檯對面那個房間的後面。

「我叫永瀨。」失明青年將臉湊近鴨居，報上姓名。原本鴨居還以爲永瀨會對他說：「快，變成大蜥蜴吧！」看來並非如此。

TANK・貯水槽

打開廁所大門，最先映入眼簾的是一個小洗手檯及一面鏡子。由於廁所大門有門鎖，鴨居下意識地順手將門鎖上。室內右手邊有一間附有馬桶的小隔間。

兩個大男人依偎著上廁所的感覺實在不太好。

「廁所裡有馬桶間嗎？」永瀨問道。

「嗯，只有一間。」鴨居往右邊看了一下。

「咱們進去吧。」

雖然有點遲疑，鴨居還是引導著抓住他肩膀的永瀨走進馬桶間，接著很快地自我介紹一番。如他所料，永瀨的年紀跟他相彷。兩個人一起進入馬桶間實在太擠了。

永瀨可能眞的想上廁所吧，鴨居才剛這麼想，永瀨馬上說：「我想問你一些事。」

「問我？什麼事？」

「因爲我看不見，希望你能告訴我搶匪的裝扮、態度，共有多少名人質、坐在什麼地方……」

「你爲什麼想知道這些事？」

「因爲有些事令我很在意。」

鴨居回頭看了一下，便一邊留心搶匪是否會闖進廁所，一邊放低音量告訴他搶匪有兩名，穿著西裝、戴著口罩及太陽眼鏡。

「臉上還用紅色膠帶貼著一個X字形記號。」

「哦……」永瀨點了點頭。

「你知道那代表什麼意義嗎？」

「我之前在電視上看過同樣的手法。」

「看過？」

鴨居的問題惹得永瀨發笑，而且笑得相當天真。「不對，不是我看的，因爲我看不到嘛。平常都是我女朋友在一旁說明給我聽，她會將節目的大致內容告訴我。」永瀨說道。

永瀨的女朋友並不在銀行內。說不定自己現在正充當著他女朋友平常所扮演的說明角色呢，鴨居察覺到這點。

「根據電視節目裡的說法，搶匪如果在臉上貼著奇特的貼紙，人質好像只會記住那張貼紙。目擊者都很有自信地作證說『搶匪是個臉上貼著貼紙的男性』，因爲那張貼紙太過顯眼了。其實只要撕掉貼紙，這個證言就毫無意義可言，但大家只會記住貼紙這個特徵。」

「你認爲那兩個搶匪模仿了這個手法嗎？」

「很可能。」接著他又提出最近發生在關東地區的四人搶匪集團也是利用同樣的手法，做爲附加說明。

鴨居接著說明人質的情形。有十二名人質被綁在同一個地方，其中八名是行員，半數是女性。「剩下的有我、陣內，我那個朋友實在很吵，對吧？」

「但他歌唱得很好聽。」

「也是啦。」剛剛那首歌唱得的確不錯。「剩下的就是他及一名看似家庭主婦的婦人，還有你。」

「剛剛搶匪是不是說還有兩名行員被他們綁在另一個地方？」

「是啊。」

「你有看到那兩名被綁在別的地方的行員嗎？從我們所待的大廳，看得到他們所在的地方嗎？」

「因爲是在逃生門的另一側，從銀行內完全看不到。」

「原來如此……」永瀨露出思考的模樣，隨即說：「若是這樣的話，門的另一邊或許根本沒有人質。」

「怎麼說？」

「我很在意剛剛多出來的兩名人質。那兩名人質眞的存在嗎？有人見到他們嗎？你說你並未看見那兩名人質。」

「我只是說因爲被門擋住，從我們所待的地方看不到他們。」

「換句話說，搶匪很可能說謊。另一間房間裡並沒有人質，但他們說了謊。」

「可是，他們沒有理由說謊啊。當時搶匪還帶了分店長一起進去，分店長應該也看到了那兩名人質。」

永瀨顯得特別冷靜，且很有自信地點了點頭。

「戴在我們臉上的是什麼東西？」他指著面具問道。

「是面具，在廟會時很容易買到的那種動畫角色面具，是比較適合小孩子戴的玩意。」

「看起來很帥氣嗎？」

「怎麼可能。」

「我想也是。所有人質都戴著同樣的面具嗎？」

「並不是同樣的角色。」

「不過，所有人都戴著面具，這點沒錯吧？」

「嗯，除了搶匪之外。」

「原來如此。」永瀨再度陷入沉思。

背後傳來敲門聲，是搶匪催促兩人快點出去。

「我猜……」永瀨一點也沒顯出慌張失措的樣子。「我猜，銀行搶匪應該不止兩人。」

「怎麼說？」鴨居很認眞地看著永瀨。

「他們還有其他同伴。」

「在哪？」鴨居環視了不可能有其他人存在的廁所一圈，還以爲有像忍者般的敵人躲藏在此。「你倒是說說看，他們的同伴到底躲在哪？」

此時，永瀨緩緩地點頭說：「搶匪共有十人。」

「咦？」

「假設所有行員都是同伴，那這次搶劫就再輕鬆不過了，對吧？」

永瀨既不慌張亦不欣喜，而是平靜地說道。

鴨居瞪大了雙眼，身子爲之一晃，撞到了馬桶，使裝滿水的水槽晃動起來。「這是怎麼回事啊？」

「搶匪與行員共謀搶劫。他們雖然假裝自己是人質，到頭來，其實所有人都是共犯。」

鴨居皺起眉頭。

「剛剛你的朋友曾說了『對銀行搶匪而言，最難處理的就是人質』這樣一句話，對吧？」

「嗯。」

「當時兩名搶匪所反應的聲調有點奇怪。」

「聲調？」

「應該說是聽覺的觸感吧，就像是溫度那樣。」永瀨笑了笑，好像是在強調聲音就只有溫度似的，對鴨居做了意義不明的說明：「對我而言，聲音就好像是在河中抓魚一樣。當時搶匪的聲音聽起來游刃有餘，幾近憋笑。」

「是嗎？」鴨居試著回想當時搶匪的聲音，不過就是想不起來。

「嗯，舉個例子好了。」永瀨說道。「我有一隻名叫貝絲的導盲犬。」

「這跟現在有什麼關係？」

「貝絲通常都跟我一起走，牠可說是我的引路燈。」

鴨居試著想像導盲犬的英姿，但失敗了。

「不過，偶爾還是會碰到不准導盲犬進入的店家，有些店家就是討厭狗。此時，我的女朋友就會說：真是遺憾啊。」

「想必她一定也覺得很遺憾吧。」

「不，她的聲音聽起來還蠻高興的。」

「哦……」鴨居點頭。「你女朋友一定很嫉妒你的導盲犬。」鴨居想像著那樣的情況，她一定是將貝絲視爲情敵之類的存在吧。

「剛才搶匪的聲調跟我女朋友的那種口氣很像。」永瀨點頭道。「那是誇耀勝利的聲調，欺騙了討厭對象的聲調。聽起來是既興奮，卻又有點害怕的聽覺觸感。」

「欺騙？」

「你朋友說了『人質很麻煩』，不過事實上，若超過一半的人質是他們的同伴，那搶匪豈不是會覺得已成功騙過你朋友了嗎？」

「你是靠聲音的溫度，判斷出的嗎？」

「嗯，沒錯。」

「我想我們應該馬上就會獲釋才對。」永瀨的語氣充滿自信。

雖不曉得是什麼因素導致他如此斷言，不過聽起來實在不像是在玩弄、惡整別人。

「如果銀行搶匪及行員是共犯，那這椿搶案眞的再輕鬆不過了。我們只是累贅。留下我們的目的，大概僅因他們需要證人，所以再過不久我們應該就會獲釋。」

「證人？」

「就是證明行員全部乖乖地被當成了人質啊。他們放走我們之後，我們一定會對警察說：『行員也全被繩子綁著當成人質。』如此一來，還有誰會懷疑行員是共犯呢？」

鴨居面向永瀨，永瀨宛如看得見鴨居似地說：「我們回去吧。」

他們打開水龍頭製造出流水聲，並把整個洗手檯都弄濕。

「我問你……」鴨居提出疑問。「如果所有行員都是搶匪的共犯，那他們應該有更簡單的犯案手法吧？根本用不著像這樣長期抗戰啊。」

「我猜他們本來也無此意。起初他們或許只是想襲擊銀行、將人質綁起來、搶了錢之後馬上逃離。僅需事後再打電話向警察報案，之後身爲共犯的行員只要照我剛剛所說的作證，事情就能簡單落幕了。」

「那爲什麼……」

「因爲槍聲使警察收到了報案通知。」

「這不就等於是陣內害的嗎？」

連搶匪都受到他的連累啊……。永瀨聽到鴨居的喃喃自語，跟著笑了出來。

「爲何找我跟你一起上廁所呢？」

「我有點在意搶匪的樣子，也很想知道在別的地方是否眞的還有兩名人質，那兩名人質又是否在其他人看得見的地方。假設身邊的行員都是搶匪的共犯，那麼願意聽我說這些話的人就只剩下你們而已。」

他們走出廁所。

「我也知道搶匪打算怎麼逃出去了。」永瀨輕描淡寫地說。鴨居雖然還想繼續聽，不過槍已經出現在眼前，時間到了。

LONG・漫長

回來之後他們再度被繩子綁住，坐在地上。

鴨居隨即觀察起坐在他們後頭的行員，男性穿著西裝、女性穿著套裝，像是依偎在一起地坐在地上。

因爲戴著面具，無法看到行員的表情，這個一閃而過的念頭使鴨居差點叫出聲來。

他知道爲何搶匪要給所有人戴上面具了。

若如永瀨所說，行員爲共犯，那麼行員方面最怕發生的狀況就是被人得知他們與搶匪熟識。

理應感到恐懼的人質，如果絲毫不見害怕、不安的神情，反而神色輕鬆地坐在地上，那麼就連鴨居也會感到奇怪。即便他們裝出很害怕的模樣，肯定還是會讓人覺得哪裡不對勁。

鴨居心想，原來面具是用來隱藏他們的表情。鴨居等人看不到行員的表情，當然會主觀認爲他們跟我們一樣，都懷著同樣的心情坐在銀行裡，絕不會想到他們可能在面具下面吐舌頭嘲笑我們，不是嗎？

永瀨剛剛說：「我知道搶匪打算怎麼逃出去了。」搶匪究竟打算如何逃出去呢，鴨居一直在思考這個問題。

警察團團包圍住銀行。

艾爾．帕西諾（註）的下場如何呢？鴨居想起一部以前看過的電影，是由艾爾．帕西諾扮演銀行搶匪。鴨居一直回想，在影片後半，他應該是帶著人質一起逃亡，要求警方準備車子，然後好像驅車前往機場還是什麼地方，最後似乎遭到射殺。

註：艾爾．帕西諾（Al Pacino, 1940～），美國知名影星，以《教父》（*The Godfather*, 1972）中不願參予家族黑道事業的么子麥可一角走紅。多次獲得奧斯卡獎提名，終以《女人香》（*Scent of a Woman*, 1992）榮登奧斯卡影帝。

警方包圍銀行之後就再也沒有動靜了。搶匪並未耐不住性子而大吼大叫，警察沒有打破窗戶攻堅，也沒有任何人質哼起歌來。什麼都沒有。或許是因爲這樣，鴨居覺得好像渡過了一段非常漫長且令人不安的時間，甚至開始擔心他可能會以人質的身份一直被綁到老。

搶匪站在櫃檯前，雙手交錯在胸前，看起來宛如在等待風勢轉弱，船隻得以出航的時機。永瀨則是靜靜地低著頭。他睡著了嗎？但他看起來並非很疲倦，而且他說過「我想我們應該馬上就會獲釋」。由於這句話聽起來自信滿滿，但又不帶任何勉強他人接受的語氣，使得鴨居心想：就相信他一次吧。

下午五點過後，電話再度響起。搶匪熟練地拿起話筒的動作看起來相當優雅。

「知道了，就交換吧。我們會釋放人質。雖然不是全部，但一定會釋放就是了。」高大的搶匪邊說邊環視鴨居等人。「等你們準備好，我會再打電話。」搶匪語畢，再次確認了警方的電話號碼。

YOUNG・青年

搶匪通完電話後，過了將近三十分鐘，再度來到鴨居等人面前，突然開口：「我放你們走。」

鴨居下意識地看了時鐘，時間已超過晚上六點，表示他們在此當人質已超過三個小時了。雖然疲累，但不至於昏厥，也沒有脫水症狀或頭暈目眩等狀況。假設遭監禁的時間再延長個半天以上，狀況絕對會有所改變，他可能會因疲勞、饑餓與焦躁不安而陷入絕望吧。

「請你先放了客人吧。」分店長跟剛剛一樣，像一條毛毛蟲似地扭動著身體說道。「我們待會兒再走沒關係。」

「分店長，說得好！」陣內快活地說。

鴨居窺視著分店長的側臉，試圖捕捉到他那隱藏在面具之下的視線。分店長的話語雖然很感人，但是否出自眞心著實令人起疑。若行員眞是共犯，那麼此時放走鴨居等人不過是預定計畫罷了，相信他們也很想快點放走行員之外的人質。鴨居看著分店長，心想：虧你還能睜眼說瞎話。

「我先放走四個人，就是你們。」高大搶匪的語氣聽起來像是憐憫似的。他依序指了陣內、鴨居、那個婦人及永瀨。「先放你們走。雖然當中有個很狂妄的傢伙，不過看在你年少不懂事的份上，饒你一次。」他用槍指著陣內說道。「這也是看在分店長的面子上，你們還眞是挑對了一間好銀行呢。」另一個搶匪補充說道。

搶匪先鬆開了那名婦人身上的繩子，她看起來非常疲累。深呼吸幾次之後，婦人動起手來解開鴨居等人身上的繩子。她手抖得厲害，所以不太順手，但還是慢慢地鬆開了繩子。

高大的搶匪打電話給警察。

「站起來。」聽到搶匪這麼說，鴨居等人曲膝站起。或許是因爲膝蓋彎太久，有點痠痛，導致他們四人的動作都有點遲緩僵硬。鴨居原本想幫永瀨一把，但看來似乎沒這個必要，便作罷。

槍口又出現在眼前。

鴨居打算拿下面具，但兩名搶匪異口同聲說：「還不准拿下。」

「咦？」

「還不准你們拿下面具。」

「我難得有機會上電視，你們卻不讓我拿掉面具？」鴨居不加思索地說道。

他開始想像，當那群在銀行外面等待已久的攝影師及記者看到戴著面具的人質出現，肯定會欣喜若狂。原本對這種老套的挾持人質的銀行搶案不感興趣的記者，必定滿心歡喜地認爲這樣才算是眞正的新聞吧。

「去吧。」搶匪打開往提款機區的門後，繞到他們身後舉槍抵著他們。

婦人站在最前面，之後依序爲陣內、鴨居與永瀨。

「戴著動畫角色的面具齊步走，這眞是傑作啊。」陣內顯得十分不悅。「今天是本大爺的紀念日，面具紀念日是也。」

永瀨站在鴨居後面，完全不見動搖或慌張。他好像早就知道該往哪走，以及事情會如何發展一樣。

「快點走啊。」搶匪催促著。

在鴨居未察覺之際，另一名搶匪已拿起櫃檯上的電話話筒，一再對警方強調現在要釋放人質，要警方不准輕舉妄動。

中年婦人伸手轉開出入口的門把，用力地將門推開。

那一瞬間門的另一邊傳來了歡呼聲以及陣陣閃光，大概是照相機的閃光燈吧。

相當刺眼。爲了不讓眼睛被強光照到，鴨居挪了挪面具，心想：與其說丟臉，倒不如說這樣的狀況眞的很討厭。

耳邊傳來電視台播報員喊叫的聲音，這時站在鴨居後面的永瀨突然大喊：「Come，貝絲。」

這一聲讓在場包括搶匪在內的所有人都爲之一愣。

鴨居回頭一看，銀行大廳等候區最裡面的黑色長椅下，某個東西突然動了起來。原來是一隻黑色的拉布拉多犬。看起來就像是椅子下又出現另一張椅子，之前誰也沒有察覺到椅子下竟然還躲著一隻狗。

在眾人呆若木雞的狀況下，這隻黑狗很悠閒且理所當然似地走到永瀨的右邊。永瀨對狗說了些什麼，隨後熟練地握住導盲鞍。

「快，快點出去吧。」那是他們最後一次聽見搶匪的聲音。

中年婦人在前領頭，他們走向夕陽西下的街道。由於才剛從緊閉的銀行內走出，他們尚無法掌握外面的現狀。只見多輛警車排成半圓形遠遠地包圍銀行，還有警察以擴音器喊叫的聲音，在警方後面則是被好奇心及已然變形的使命感充塞的記者群。

四人像蜈蚣般前進。鴨居問永瀨：「那隻狗是？」

「鴨居，連這你也不知道啊？那是導盲犬啦。」不知爲何，竟是由走在前面的陣內回答。

「聽說導盲犬很聰明，叫牠坐下，牠就會一直坐在原地不動。眞是太厲害了，我完全沒料到牠會躲在那裡呢。」

「你唱的歌非常好聽喔。」最前面的婦女說道，陣內「哼」了一聲作爲回應。

CAMP・帳篷

我們被帶到一輛不曉得車種為何，只看得出是箱型車的警車上。後座全被拆掉，空間變得很大，還加裝了窗簾。

從銀行步出的鴨居等人立刻被警方圍住，宛如遭到海浪席捲似地被帶上那輛箱型車裡。進入車內後他們總算能取下面具。鴨居心想：終於眞正獲釋了。

車上有兩名警官及一名身穿白袍的醫師看著鴨居等人。

「那隻狗是？」一名戴眼鏡的警官指著永瀨身邊的拉布拉多犬。

「牠叫貝絲。」永瀨回答。牠的下顎細長，看起來非常聰敏。「是隻導盲犬，剛剛一直待在銀行裡。」

「一直？」警官很驚訝。「牠一直跟在你身邊嗎？」

「牠什麼時候進去的啊？」陣內問。

「打從一開始。」永瀨笑道。「搶匪闖進銀行時我正坐在櫃檯前的長椅上，貝絲則趴在地上。由於我根本搞不清楚到底發生什麼事，只好對牠說：『Wait。』」

陣內露出崇拜的神情點頭說道：「人家都說導盲犬很聰明，原來是眞的啊。」那種說話口氣就像是在爲朋友感到驕傲似的。「怎樣，鴨居，牠很厲害吧？」

一得知永瀨是個全盲的殘障人士，警官與醫師都發出了難以判斷是佩服或嘆息的聲音，不曉得他們會如何看待永瀨。

醫生一邊問診，一邊以聽診器爲鴨居等人進行基本的身體檢查，除了婦人有貧血現象之外其他人都無大礙。

陣內則是將耳朵貼近拉布拉多犬聽牠心臟的跳動聲，以及檢查牠鼻頭的濕潤程度，很專心地對牠進行健康檢查。「早知道有狗在現場，我就會更活躍了。」他喃喃自語地說出這句意義不明的話。

一個穿西裝的男性出現在兩名警官之間。是個年約四十五歲的刑警，眼神相當銳利，全身散發出強烈的壓迫感，兩道濃眉讓人留下深刻的印象。

在這麼狹窄的地方與他相對，車內瞬間變得像是在戰地用來擬定戰略的帳篷。

穿西裝的男性依序環視鴨居等人，說：「希望你們能告訴警方銀行內的狀況。」他可能已經竭力以最溫柔的聲調說話，但依然聽得出他很勉強。

「裡面共有十二個人，此外還有兩個人在另一間房間。」鴨居說明道。

刑警探出身子問：「另一間房間？」

鴨居說明經緯，指搶匪四處搜尋，發現另外兩名行員並加以綑綁，說完後又補了一句「好像」。

「爲什麼最先釋放你們？」

「你自己去問他們嘛！」陣內很不友善地回答。鴨居知道他一定很不喜歡眼前這名刑警。

「因爲我們不是行員。」永瀨自言自語似地說。

「我們是累贅。」鴨居跟著說。

「你們察覺到什麼不尋常的事嗎？」刑警邊抽動雙頰邊問道。

「何不問問永瀨呢？」鴨居朝右邊看了一下。

穿西裝的刑警露出困惑的表情。「呃，可是他……」突然變得支吾其詞。他大概是想說：他不是全盲嗎？

鴨居代替永瀨嘆了口氣，原來他一直以來都受到這樣不平等的待遇。只因目不能視，導致他不管做什麼事都一定要經過繁瑣的手續，光想像就覺得厭煩了。一想到他抱持著將跟這個困擾相伴一輩子的覺悟，內心隨即湧現一股不知該稱爲同情或是尊敬的感觸。

「永瀨，你察覺到什麼不對勁的嗎？」鴨居代替壓根不想問的刑警問道。「搶匪之後有何打算呢？」

「我想搶匪之後應該會繼續釋放人質。」永瀨緩緩開口說道。「至少會分好幾次。裡面的人質共有十四個人，而我們四人已經被釋放出來，所以裡面剩下十人。接下來應該會分批釋放這十名人質吧。」

穿西裝的男人以像是在跟不懂四則運算的小學生說話般的語氣，苦笑著說：「他們若這麼做，到最後不就一個人質都不剩？你知道十減十等於多少嗎？」

「是的，人質會一個都不剩。不過，這樣慢慢釋放人質看起來才比較像樣一點，不是嗎？」永瀨的語氣就像隨風起舞，輕飄飄地玩弄著人的樹葉似的。

「像樣一點？」刑警說道。

「像眞正的銀行搶匪。」

「槍匪若眞的釋放了所有人質，那他們要怎麼逃離現場？你的說法也太不像話了吧。」刑警嗤笑道。鴨居背地裡暗暗咒罵：你才不像話咧。

「共十人。」永瀨說道。

「什麼？」穿西裝的男人臉色一變。

「現在還在銀行裡的人全部是共犯。」

原本一直保持沉默的另外兩名警官異口同聲地「咦」了一聲，鴨居則是對這兩名像狛犬一樣一直沉默不語的警官竟會開口說話一事感到驚訝。

「這是怎麼回事？」陣內與穿西裝的刑警同時發問。

「意思就是那間銀行的行員全部是搶匪的共犯啦。」鴨居再次強調永瀨的話。

「別開玩笑了！」

鴨居感到相當掃興，心想：眞是夠了，跟你們比起來，搶匪還比較通情達理一點。

永瀨抓抓鼻頭說：「搶匪會分數次釋放人質。」

「然後咧？」穿西裝的刑警已經懶得再顧慮鴨居等人，改以帶有嘲諷意味的語氣說：「我問你，他們放走所有人質幹麼？」

「混在其中逃離現場。」

「搶匪嗎？」陣內問道。

「若所有人都是共犯，他們要怎麼串供都好談。搶匪可以僞裝成人質，趁隙逃出。其他人只要作證說『搶匪不知不覺就消失了』，這樣絕不會穿幫。」

「這就是面具的用處嗎？」鴨居下意識地問道。

「大概吧。」永瀨點頭。「只要所有人都戴著面具，就沒有人知道人質到底長什麼模樣。即便搶匪混進人質當中也不會被發現，因爲帶著面具，誰也沒看到彼此的長相。」

的確，要是警方事後讓鴨居看過所有人質，再問他當時有誰在場，鴨居一定答不出來，因爲所有人都戴著面具。

「至於搶匪說另一間房間裡還有兩名人質，那應該也是謊言。」永瀨將他在廁所裡告訴鴨居的推理再次說出。「這打從一開始就毫無可信度可言。」永瀨緩緩說道。「搶匪會刻意強調人質的人數是因爲他們若混進人質當中逃離會導致人數不符，所以才用這個把戲讓我們以爲又多出了兩名人質。」

「這我就有點不懂了。」陣內抓了抓頭髮。「換句話說，到底是什麼狀況啊？」

「搶匪要僞裝成人質走出銀行。」永瀨說道。「可是如此一來，不就會多出兩名人質嗎？所以他們就先多算進兩名人質，企圖造成錯覺。」

「他們幹麼這麼費事？」陣內噘嘴說道。

「你聽好！」鴨居開口道。「起初他們計畫以更簡單的手法完成這樁搶案。原定計畫應該只是襲擊銀行、綑綁人質，然後在警察出現之前快速離去，行員等他們離開之後再報案即可順利落幕。不料竟有個傻瓜起身抵抗，害得他們開了槍，也使得警察提前趕到，大大出乎他們的意料。」

「你是說都是我不好嘍？」陣內以我一點都沒有錯的口氣說道。

「搶匪慌張地研擬變通方案……」鴨居邊想像邊說。「爲了能夠全身而退，他們決定謊報人質的人數。」鴨居原本認爲搶匪帶分店長離開就是爲了商量這個方法的可行動，但說著說著鴨居又思考了一下，也許搶匪事先就將此意外狀況考慮進去了，才會在動手之初就讓人質戴上面具。

「你們到底在亂說些什麼啊！」刑警大聲嚷道。「搶匪僞裝成人質走出銀行？別傻了好不好，他們若這樣做，一定會穿幫嘛！」

「怎麼說？」永瀨問道。

「明眼人一看就知道誰是搶匪，誰是人質！」

「你要用什麼方法區分？他們走出銀行時一定會戴著面具，打扮成跟其他人質一樣。」鴨居反論道。

「我們只要稍加調查就能知道人質當中誰不是行員。當然，我們會確認獲釋的人質身分，即便搶匪假裝成行員走出來也能馬上識破。」

「但如果搶匪眞的是行員，那怎麼辦？」永瀨若無其事地說道。

啊！鴨居內心爲之一震。「搶匪也是行員嗎？」

「他們原本就是行員，所以只要混進人質當中就無法分辨。並非是搶匪僞裝成行員，而是行員僞裝成搶匪。只要丟掉口罩及太陽眼鏡，銀行內就只剩下一群行員了。」

「愚蠢至極。」刑警完全不想理會永瀨所說的話，還故意嘆了口氣。

「的確是蠻愚蠢的。」永瀨反倒很乾脆地回應，並高興地面露微笑。「反正這只是我的推理罷了。」

「不過，也還是有可能吧。」鴨居說道。豈止有可能，永瀨的推理根本就是正確解答嘛。

「這樣的事可能發生嗎？」陣內說道。「不可能啦！」

「你不相信嗎？」鴨居愉快地看著陣內。

「如果眞如他所說，我就到那間銀行開個定存戶頭。咱們來賭一賭。」

鴨居心想：你根本就沒錢可以開戶。不過他並未說出口。

刑警胸前的口袋裡傳出手機鈴聲，或許是案情有了進展。

「夠了夠了！」他不悅地揮了揮手。「你們的說辭我聽夠了，可以回去了。……應該確認過他們的身份及聯絡地址了吧？」刑警說到中途，轉向一旁的制服警官確認過後，隨即轉身離去，

車內再度恢復平靜。

過了不久，車外傳出歡呼聲，閃光燈也一直閃個不停。鴨居稍稍拉開窗簾往外看。

「怎麼了嗎？」永瀨問道。

「大概又有人質獲釋了吧。」

天色已暗，鴨居覺得像是在觀賞某種非現實的事物，四處亮起的閃光燈看起來跟武器沒兩樣。

JUMP・跳躍

案發至今已過一週。鴨居坐在車站前的板凳上，望著手中那包在路上拿到的面紙背面的廣告。

這七天實在過得匆忙，感覺上好像還不滿一週。雖說已獲釋，但之後警方又找了他兩次，電視台記者也三度上門訪問。

鴨居雖然每次都接待了那些旁若無人地將麥克風及攝影機推到他面前的新聞界人士，其實內心有點不安，不曉得這樣的日子要持續到何時才會結束。

案發四天後，關西地區發生一樁少年互砍的傷害案件，世人的關注焦點隨即轉移到那個案件上。就某方面而言，鴨居算是被那個案件救了一命。

要是採訪攻勢持續不斷，鴨居或陣內一定會怒吼「不要再問我什麼面具的事了」，並動手痛扁記者。然後整個人就會被打上馬賽克，再度出現在電視新聞畫面上。

銀行搶案的真相至今不明，警方只公布了遭搶金額多達兩億圓。據說將錢裝進行李箱內逃走的搶匪至今仍下落不明。

那天在他們出來之後，進展果然跟永瀨的預測一樣。搶匪每隔一個小時就提出交換條件並釋放人質。首先要求一輛逃亡用的休旅車，換取兩名人質；要求警方後退五十公尺，換取四名人質；最後要求空中直升機遠離，換取四名人質。三項交涉警方都答應了，電視也播放了戴著面具的人質走出銀行的畫面。

裡面沒有人質了——所有人都察覺到這個事實。

在最後四名人質獲釋同時，警察一舉衝進銀行。

沒有發現搶匪的蹤影。

被當成人質的行員異口同聲地說：「搶匪從後門逃走了。」

位於銀行後門旁的小路上確實發現了有人逃走的痕跡，但卻無法斷定搶匪是否真的從那條小路逃走。

鴨居認爲行員必是事先串通好如何捏造出銀行搶匪，之後再加以抹消。他雖然相信眞相跟永瀨的推理相符，卻也懶得再去向警方提這件事。

鴨居曾在警局內看到十名獲釋的行員，只是他認不出、也不可能認得出搶匪是否混在其中。

鴨居試著想像，如果行員就是搶匪的話，究竟有何企圖？

或許他們直接把錢藏在銀行內，例如出租保險箱裡。雖說有搶匪闖入，但警方也不可能調查所有出租保險箱的內容物。大概連槍及口罩也還藏在銀行內吧，畢竟那是他們的工作場所，只要另找時間將錢取出，並將可做爲證據的衣物丟掉即可。

他們只要能廣爲周知銀行內的金額短少了兩億圓就算是達到目的了吧，鴨居如此推測。

或許，打一開始就沒有這兩億圓也說不定。鴨居曾看過盜用及盜領公款的新聞，難道是在那群行員中，有人不得已盜用了銀行公款嗎？由於盜用公款的事跡即將敗露，不得不設法抵消被挪用的兩億圓帳目。

此時，同情那名行員的同仁想到這個方法。只要當成這兩億圓被搶匪搶走就好了嘛！

這會不會就是搶案的來龍去脈呢，鴨居如此想像著。當然這只是很不負責任的瞎猜罷了。

行員全體爲了掩飾同事挪用公款而捏造出銀行搶匪。雖然他們多少會受到懷疑，不過只要事先串供，團結一致，應該能與警察對抗。

鴨居笑了出來，眞的會發生如此不符現實的事嗎？

案件發生後，這一天早上鴨居才第一次打電話給永瀨，並對他說警察眞是太不懂事了。不料他聲音疲累地回答：「我現在沒空理警察，因爲在那之後我女朋友囉嗦到我都快受不了了。」

「囉嗦？」

「她每天就只會說：『你怎麼可以丟下我，獨自碰到那種事？』」

「她一定很擔心你吧。」

「她是羨慕得要死。」

原來如此，鴨居憋住笑意回答。而且她一定也很不滿在捲入搶案時還是由貝絲跟在永瀨身邊吧。

下次有機會出來見個面吧，順便帶你女朋友一起來也無妨——在約定好之後，鴨居掛上電話。他有預感能跟永瀨成爲意氣相投的好朋友。

「你等很久了嗎？」在鴨居未察覺之際，陣內已出現在他眼前。「我忘了帶印章，又折回家去拿。」

「你總是會忘了帶重要的物品。」

「話說回來，定存戶頭要怎麼開啊？」至少陣內相信永瀨的推測了。

「你有錢可以存嗎？」鴨居開玩笑地說。

「不要小看我！」陣內從牛仔褲後面的口袋掏出錢來，在鴨居的面前搖來晃去。

「這是？」

「那個搶匪當時不是推了我一把嗎？就是在我被繩子綁住、他們開槍之前。當時我扶著的那個櫃檯上放了這玩意兒。」

「放了這玩意兒？你……」鴨居整個人傻住了，這簡直就是小偷嘛。

「跟兩億圓比起來，三十萬圓根本算不了什麼，不是嗎？新聞報導會寫『遭搶金額共計兩億又三十萬圓』嗎？他們才不會說『又三十萬圓』呢。尾數在他們看來不過是一定會有的誤差罷了。」

鴨居既不想反駁，也不想對陣內說教。「咱們快走吧，我不想再進到打烊前的銀行了。」

走著走著，陣內好像突然想起什麼。「話說回來，搶匪如果眞是行員，其他行員也都是共犯的話，那眞的很好笑了。」

「有什麼好笑的？」

「那個身材高大的搶匪不是一直拿分店長的禿頭開玩笑嗎？」

鴨居回想起來，也跟著笑了。「也對，畢竟他當時處於亢奮狀態嘛。」

說不定是那個人主動提出他要假扮搶匪。扮演搶匪這件事好像讓他樂在其中。

「他還眞是投入，想必他一定很希望能開槍吧。現在他八成正聚精會神地看著求職雜誌，誰叫當時他一直大喊禿頭分店長，這句話肯定會讓他無法繼續待在那間銀行。」陣內笑完之後又點頭說：「不過透過這次的經驗，我也瞭解到該怎麼當個銀行搶匪，例如行爲舉止之類的，這算是關鍵技術吧。」

宛如不想理會一直談論著無聊話題的陣內，鴨居助跑跳過了高樓大廈的影子裡。

05

孩子們 *Children*

1

你的寶貝孩子被綁架了喔。聽到陣內這麼一說，我嚇了一大跳。我今年二十八歲，還是單身，記憶中我沒做過足以讓我多出個私生子的豪放性行爲。

陣內將報紙遞給我。

每天早上一到家庭裁判所，我便拿著廉價印章在簽到簿上蓋章，然後回到座位上聽著一旁在看報紙的陣內說些無聊的話題。這就是我每早的例行公事。早上八點之前，辦公室裡除了我及陣內之外別無他人。這情況也是我工作時的固定景象之一。

「十六歲高中生，平安獲得警方保護。」這個標題佔據了報紙頭版，但我完全不曉得曾發生綁架案。報上寫著好像是付了贖金之後，這名少年才獲釋。

「我不懂報導管制是什麼啦，但是事後才公布『曾發生一樁綁架案』，這只會讓人很困擾耶。」陣內一邊拿耳括子清耳朵，一邊抱怨道。「這就跟參加同學會時有女孩子說『其實我以前很喜歡你』一樣。這種話不當時說出來就毫無意義了嘛。武藤，你說是吧？」

我充耳不聞。

報紙上面還刊登了少年獲釋後與雙親並排而站的照片。

我心想：原來如此，我認識這名少年。我記得很清楚，他是我在半年前負責處理的扒手案件當事人。

「對我們這些家裁調查官而言，曾負責調查的少年們就跟親生子女沒兩樣。」這是主任調查官小山內每次喝酒時一定會說的台詞。

小山內算是我所任職的家庭裁判所中最年長的少年案件調查官，他總是能臉不紅氣不喘……，不對，應該是說他特別愛講這種陳腔爛調。

我闔上報紙。原來如此，我的寶貝孩子好像被綁架了呢。

2

距今半年前，我在偶爾還會感受到涼意的九月中旬遇見了這名少年。當天早上跟往常一樣，旁邊的陣內與我聊起報上的話題。

「眞幸運！」陣內彈了一下手指。

「怎麼了？」雖沒有興趣，但基於禮貌我還是搭腔詢問。

「你看這個。報紙刊載有國中生把囂張的同班同學找出來，拳打腳踢活活打死了對方。」

「這種事有什麼好幸運的啊？」

「這樁案件發生在縣內，不過呢……」陣內緊接著說出發生此案件的市名，原來是隔壁市。「那邊不歸我們管轄。如果他住的地方離我們這裡再近一點，那就麻煩了，這案件就得換我們去處理。我最討厭這種麻煩案件，所以算很幸運，對吧？」

「說的也對。」

「武藤，你怎麼啦？沒什麼精神喔。」陣內問道。他剛才明明就像是在念四格漫畫的台詞，竟還是敏感地察覺到我心情不好。

「我平常就是這個樣子啊。」

陣內的呼吸急促了起來。「你是為了之前那個女孩子的事煩惱吧？小山內都告訴我嘍。」

「你聽說啦？」我嘆了口氣。

他指幾個月前由我負責的女高中生。她好像收了一名素不相識的中年男人五萬圓，跟他發生性關係。她大概覺得這跟打工一樣，很稀鬆平常。說到這個，雖然與這案件無關，但我實在不太能接受用「援助交際」一詞來稱呼這樣的收受行為。這樣的說法會讓人分不清楚這個行為當中的哪一部份稱為「援助」、哪一部份又叫做「交際」，我覺得直接用「打工性行為」或「商業性交」之類的說法，還比較淺顯易懂些。

由於那名女高中生可能吸毒，所以先被送進了鑑別所（註一），然後才轉交給我處理。

我見到她後覺得其實她是個蠻乖巧的女孩子。蠻乖巧的，看起來。「我眞的很笨，我好後悔。」她咬著嘴唇的懺悔模樣打動了我。「我很喜歡一個同學，但是我提不起勇氣向他表白。」看到她紅著臉講這些話，我很認眞地覺得一定要設法挽救她。

所以我在報告書上寫著「只需保護管束即可」。也就是她的罪尚不需送到少年院（註二）去。我認爲讓她的人生重新來過，讓她有機會跟同學談談戀愛，這樣對她而言才是最幸福、正確的出發點，法庭也認同我的看法。

沒想到在保護管束期間，她又因犯下同樣的過錯而被逮捕。

這種情形其實很常見。套句小山內曾說過的話：「跟一般上班族相較之下，家裁調查官更容易體會到的一件事就是遭到背叛。」可是當時的我比之前發生類似的事時更加悲傷，這使我再次見到這名女高中生時只能反覆問她「爲什麼」。我很希望是因爲她體內荷爾蒙或自律神經失調，

註一：全名爲少年鑑別所，在審判前先短期拘留少年犯，並進行身體檢查與心理學方面之調查的機構。類似我國的少年觀護所，但少年觀護所還具有輔導與短期教育的責任。

註二：少年犯經審判後，情節較重大者便移送至少年院收容與教育，短則兩、三個月，長則兩年。類似我國的少年矯正學校。

才導致她那樣欺騙我。我這麼希望著。但是她用很快的速度回嘴道：「我怎麼可能會反省？只是若不小心被判進入少年院，那就麻煩大了。再者，學長姊也說過，只要在調查官面前裝出一副反省的態度，你們就會變得很溫柔。」隨後吐著舌頭補上一句：「你們太好騙嘍。」

這件事讓我沮喪了好久。與其說是因遭到背叛的不甘心而使得我怒火中燒，倒不如說害我徹底失去了自信。我甚至自問：自信是什麼？可見當時情況之糟。

「不要在意啦！」陣內一派輕鬆地說道。「我們只要聽聽孩子們的說法、聽聽父母親的說法，然後歸納一下，寫在報告書上就算搞定一樁案件了。你看看放在置物櫃裡的那疊案件資料，要是很認眞地去看待每件案子，那眞的沒完沒了了。」

「你說的也對。」

「我們又不可能成爲每個問題少年的父親，眞要這樣做的話那倒不如去宣教還比較快一點。」

陣內總是會用這種粗暴的口氣說話。「應付應付就好了啦，一個人的人生哪能負擔起那麼多責任？」

不過，在我所認識的調查官中無人像陣內一樣那麼深受少年們景仰。即便在宣判後，那些少年們還是會打電話給他，有時還會帶著班級旅行時買的土產來送他。眞的很不可思議。

行事沉穩的小山內常對我說：「陣內是我見過最適合當調查官的人，不過你千萬不能模仿他的作法喔。」

3

就算我想模仿，也模仿不來。我有一個與陣內有關的回憶，至今仍然記憶鮮明。不對，那件事不能用回憶這麼可愛的名詞來形容，說成是心理創傷或許還比較恰當。

我剛來到這間家庭裁判所不久的某一天，同事們幫我辦歡迎會。那天晚上離開居酒屋後，我與陣內穿過熱鬧的街道，事情就發生在我們回宿舍的途中。

我才剛認識陣內不久，完全不曉得這個大我三歲，今年三十一歲的他是個如此奇特的人。當時我還存有以後要多請這個前輩幫忙的念頭，不過現在回想起來，我都會覺得毛骨悚然。

爲了抄近路，我們走進一條人煙稀少的小路，因而遇見不想碰到的場面。

三名少年圍住另一名少年，他們應該都是高中生。被圍住的那名少年臉色蒼白，戴著眼鏡，瘦弱的身材散發出弱者的氣息。

看樣子是那三名少年在找眼鏡少年的麻煩。

是該介入調停、轉身逃走、還是大聲斥責他們呢？目擊當下我無法立刻做出判斷，採取適當應對。

不過，正當我在思索的時候，陣內卻毫不猶豫地逐漸接近那群少年。我非常驚訝，甚至差點就心生敬意。

「給我等一下，不准吵架！」陣內走進那群少年當中，很帥氣地伸出手說話了。雖然看起來有點像在演戲，總之陣內爲了保護即將被圍毆的少年，鼎立於那三名少年面前。

「大叔你是怎樣？這不干你的事吧？」三名少年當然對陣內非常不滿憤慨。他們的體型很棒，看起來像是運動員，再怎麼說陣內獨自一人都不太可能贏得過他們，這讓我感到很不安。

不過，陣內接下來的行動卻遠超乎我的想像。

「臭小鬼們，吵什麼吵！」陣內咬字清晰地說出這句話之後，突然轉身面對那個臉色蒼白的眼鏡少年，結結實實地賞了他一拳。

毫無防備的眼鏡少年就這麼被陣內打倒，整個人癱在電線桿旁的塑膠垃圾桶上，眼鏡還歪了一邊。

我很驚訝地「咦」一聲。而那三名少年跟我一樣訝異地互看，被打的眼鏡少年更驚呼連連。除了陣內之外，在場所有人都搞不清楚狀況，包括被打的眼鏡少年在內。

陣內本人倒是毫不在意事情的發展，緩緩走回我身邊，臉上還帶著很滿足的神情。

「你……你這是怎麼回事？」

「這樣一來，那個眼鏡小子就不會被其他三人打了。」他若無其事地說，隨後轉身面對那群少年，高舉雙手吼道：「我是冠軍！你們趕快滾回家睡覺吧！」

少年們嚇得頭歪一邊，這突如其來的鬧劇可能讓他們感到有點錯愕，表情變得僵硬。接著不曉得為什麼，他們竟扶起那個眼鏡少年，四個人宛如要趕緊逃離眼前這個變態似地離開了。或許是因為「敵人的敵人就是朋友」，使得他們之間突然萌生出友情吧。

總之，陣內的做法，別人確實模仿不來。

4

陣內在說完「倒不如去宣教還比較快一點」這句話之後，隨即翻起報紙，然後把報紙轉向我這邊說：「喂，你看看這篇報導。」

「那個我已經在電視上看到新聞了。」我答道。有個男人持槍闖入租賃公司董事長的家，企圖洗劫錢財，不過因為董事長不在，未能如願搶到錢的搶匪遂擄走了剛好在家的女傭。

「昨天晚上那名女傭趁搶匪不注意時，逃了出來。」

據說那名中年女傭在記者會現場顯得相當激動。「搶……搶匪跟……跟禽獸沒兩樣！」她這句話引起在場所有記者爲之騷然，因爲這實在不像是超過五十歲的女人在大庭廣眾之下應當說的。這話一出，讓人覺得與其說她因爲被捲入案件當中而受到驚嚇，還不如說她純粹是希望在眾多攝影機面前大出風頭一番罷了。

「那樁搶案發生在我們這裡呢。」

「是嗎？」

「搶匪尚未落網，假設逮捕後發現他是未成年，那就變成是我們要面對的案件嘍。」

我看了看刊登在報紙上的嫌疑犯肖像畫，他留著一臉茂密的落腮鬍，怎麼看都不像是個十幾歲的青少年。「這人不可能未成年啦。」

「那可不一定，年輕人最討厭別人以外貌來論斷他們。」

「拜託，這跟那風馬牛不相及吧，而且那名女傭也說搶匪是個四、五十幾歲的男性啊？」

「沒這回事，我想那傢伙應該是個青少年，錯不了。」陣內耍起性子。「很抱歉嘍，武藤。這名留鬍鬚的搶匪還未成年，而且在不久的未來就會被送至這裡，由你負責與他面談。」

「請不要說出這種不吉利的預言好不好！」我現在狀況已經夠差了，要是眞的碰到這種留著落腮鬍，看起來很有威嚴的高中生，那我大概只能捲著尾巴逃走吧。

我拿起從櫃子裡取出的案件紀錄翻了一翻，今天預定要跟一名叫做木原志朗的少年面談。他是十六歲的高中生，因順手牽羊偷了本漫畫而被移送到這裡來。

5

八點半過後，其他調查官陸續到來，開始今天的工作。七名調查官各自面對著調查中的青少年，煩惱應該怎樣處理才合適。

志朗同學比約定的時間還早二十分鐘出現在家裁所的門口。

他身邊站著一名看似他父親的男人。青少年與調查官面談時，監護人依規定一定要到場，絕不可缺席。

在傳喚書上有個監護人欄，我們會將應當到場的家長名稱寫於欄裡。有的調察官會直接寫家長的姓名，也有像我這種以「父親或母親」這種說法來填寫此欄的調查官。我在填寫「監護人欄」時，總是希望這些身爲家長的人能夠稍微多一點「你們可是這名青少年的父母親喔」的自覺。雖不曉得到底有沒有效，但這就跟禱告或英文對話一樣，只要腳踏實地地反覆去做，應該就會產生功效才對，應該啦。

「你是木原志朗同學嗎？」我有點緊張，因爲遭到背叛的傷感回憶，突然又湧上心頭。

穿著學生制服的少年回了一聲「是的」。他的眼神四處飄移，完全不看我，聲音聽起來一副弱不禁風的模樣。

他看起來比我矮，大概才一百七十公分出頭吧。身材瘦弱，頭髮隨意地翹著，還蠻帥氣的，頗流行的感覺。

「您是志朗同學的父親吧？」我話剛說完，這名年約四十幾歲的男人便粗暴地回答：「嗯。」他穿著深藍色運動服，好像剛去健行似的，還戴著一副大號的黑框眼鏡，不過跟他一點都不搭。

我暗中交互觀察這兩人。冷酷的父親、緊張害怕的少年，不在意打扮的父親與帥氣的兒子。我內心一邊嘀咕著這兩句話，一邊看著眼前的兩人。

「我們到面談室去吧。」我一開口少年就宛若被嚇到似地伸直腰桿，看樣子他眞的非常緊張。

我先回座位拿東西，坐在我隔壁的陣內抬起頭來，瞄了瞄那對站在入口處的父子一眼，再看了看我緊繃的側臉，遂拿出一本文庫本（註一）給我。「這你拿去用。」

「這是什麼？」

「要是你覺得有什麼不對勁，就將這本書借給那名少年吧。」

我伸手接過這本以精裝本方式裝訂的文庫本，再次問陣內：「這是什麼書？」

「是芥川龍之介的《侏儒的話》。」（註二）

我記得這本書裡列了芥川龍之介所寫的警句。「這種書會有幫助嗎？」

「幫助可大的咧！」明明毫無根據，但他回答時卻顯得自信滿滿。

我翻了翻這本書，「道德乃是」這幾個字映入了我的眼簾。

道德乃是便宜行事的別名，與「靠左行走」極爲相似。

「這……這種書不太好吧？」我肯定擺出了一副快要哭出來的表情。

「重點不是讓他看什麼書，而是讓他思考什麼問題。你可以對那名少年說：『在下次面談

註一：尺寸較小、價格也較平實的書籍版本。

註二：芥川龍之介（1892～1927），日本近代文學名家。《侏儒的話》於一九二三年開始在雜誌《文藝春秋》上連載，於芥川死後才出版的隨筆集。

時，我要你選出這本書當中你最喜歡的句子。』讓他有機會思考自己最喜歡的句子是什麼，這才是重點。」

「請不要隨意決定還得進行第二次面談好不好？」我苦著臉說道。

家裁調查官所負責的案件可分爲羈押案件及交付案件。羈押案件的當事少年會被移送至鑑別所，在此狀況下，我們得前往鑑別所與少年面談。交付案件則剛好相反，指的是當事少年仍然能夠在家過平常生活。一般如順手牽羊、偷自行車等輕微犯罪都會歸類在交付案件，當然像志朗同學這個案件也是。

由於交付案件通常不是什麼嚴重的案子，絕大多數只要與當事少年面談過一次，確認事件的前後關係以及當事少年確實深具悔意之後，寫一份報告書即可結案。除了因爲某些原因而特別在意當事少年，或是第一次面談過程不甚順利之外，通常不太會進行第二次面談。

「別想那麼多，你就帶著以防萬一嘛。」陣內還是硬把書塞進我手裡。

6

面談室裡擺了盆栽及繪畫做爲裝飾，據說是爲了不讓少年們感到壓迫感或緊閉感而設的。

我先說出自己的姓名，簡單地自我介紹一番之後稍稍看了一下由父親所寫的照會書。那是一份寫有志朗同學及其雙親的簡歷，類似家族介紹般的資料。

他父親與我喜愛的某位小說家同名同姓，連漢字的寫法都一樣。由於這個名字並不常見，我以爲他與那位小說家有親戚關係才被取了這個名字，所以我試著以此爲話題：「有個作家與你同名呢。」但是他只繃著臉回答了三個字：「不知道。」害我只能跟著很冷淡地以「這樣子啊……」來回應他。

資料上父親的職業欄寫著「某某餐飲店董事長」，那是很著名的連鎖店，包含居酒屋及西餐廳在內，在全國擁有好幾間店面。「原來您是那間名店的董事長啊。」我故意裝出很佩服的模樣，他還是面無表情地點頭道：「還好。」

「您平常很忙碌吧？」

「還好。」

「今天剛好不用上班嗎？」

「算是。」

我開始有點火大，不過還是強忍下來，不讓怒氣顯露。但情況嚴重到我甚至覺得這麼不起勁的對話若是再持續下去，我可能會死掉。

「我要確認一下犯案事實喔。」我開始念警察送來的「犯案事實紀錄」，好讓當事少年確認內容記述是否無誤。

在我念的這段期間，志朗同學一直低著頭。

他父親則是一直看著志朗同學。我個人覺得那樣的視線很討厭，類似盯梢、監視般的冷酷眼神，完全感受不到父親在注視兒子時該有的柔和及溫暖。

「能請你一一告訴我嗎？」爲了盡量讓志朗同學放鬆心情，我語氣緩和地繼續問。「你是怎麼到這間書店去的呢？騎自行車嗎？」

首先要用簡單的問題求得答案。持續這種緩和的詢問方式，可以讓少年知道在此面談與在警局接受偵訊或在法庭當中陳述截然不同，也可讓他理解到家裁調查官並非他的敵人，這乃是在面談時最爲重要的一點。

我在求職時曾看過一本書如此寫道：「活用心理學及社會學的手法，解開少年犯罪的原因及機制，並提出適當處置方式供法官參考的家裁調查官，可說是不良少年問題的專家！」

現在回想起來，那本書上的說法蠻微妙的，模稜兩可。就連我也不禁懷疑，這世上眞有不良少年問題專家存在嗎？

的確，我們每個月至少都得跟二十名以上的少年面談，與一般人相較之下，接觸到不良少年的機會眞的比較多。不過擔任調查官這麼久，我還是找不到少年們犯罪的機制何在。

醫生只要看看X光片及血液檢查結果，就能輕易決定該如何醫治病患。但家裁調查官的工作並沒有機會享受到這種輕鬆感。

我們會不停地抓著頭煩惱，偶爾還必須在悶悶不樂的狀況下決斷，事後搞不好還會遭到背叛，進而喪失自信，就像我一樣。

我突然想起陣內之前有次生氣的情景，那是前任主任調查官催促他「快點搞定你們手上的案件啦」時所發生的事。「你們不是專家嗎？應該憑經驗就能分辨出少年犯罪的模式吧？拜託你們快點處理完手上的案件好不好！」那個主任說出如此過分的要求。我想八成是因爲破紀錄的高溫炎熱天氣持續太長一段時間，才使得他焦躁不安吧。

此時陣內開口說道：「面對這些少年時需要的既非心理學亦非社會學！他們不是統計數字，也不是數學或化學公式，每個人都認爲自己是世界上獨一無二的，絕對不希望被說像別人。如果有人說我很像約翰・藍儂，我也會很受不了。那要是我們調查官以『喔，這小子的家庭環境是屬於那種模式啊』、『這跟我以前所處理過的不良行爲案例一樣嘛』之類的說法來加以定型，他們會高興才怪。這就跟在情人節時收到喜歡的女孩子送的巧克力，滿心歡喜地打開一看卻是跟其他男生收到的一樣的人情巧克力的情形一樣。這兩種狀況都是悲劇，但我們要的不是悲劇。調查官得抱持著『他不像任何人，他是全世界獨一無二的』這樣的想法來面對那些少年才行。」

還記得當聽到陣內說出這段演講般的發言時，我在心中非常強烈地肯定，甚至還產生了感激之情。只不過陣內本人說完後不到十分鐘就拿起橡皮擦一邊擦掉報告書上的內容，一邊說：「算了，這樣就好。只要應付一下就可以了，反正這些少年會幹出來的勾當都一樣，只有單一模式而已啦。」

眞是教人搞不懂他到底在想些什麼。

若拿小山內的陳腔爛調來說，調查官乃是「明明通曉法律，卻在將法律置之度外的地方與少年們對話之人」。

而以陣內的說法，調查官則是「身上偷藏手槍的牧師」。

話又說回來，眼前這對木原父子還眞是難纏，就像是冷淡、寡言又頑固的藝術家。對正處低潮的我而言，實在是一對強敵。

我問志朗同學：「當時你是在放學回家途中吧？」

志朗同學的舉止有點怪怪的。他聽到我的問題時肢體動作先僵住，然後有點惶恐地看著他身邊的父親。

他父親說：「這點小事你就回答吧。」

我對他的口氣感到很不以爲然，不過志朗同學像是受到那句話的催促一樣，開口回答：「是在放學途中沒錯。我回家途中剛好會經過那間書店，所以我就騎自行車到那間店去。」

志朗同學的目光仍然斷斷續續地飄移，且帶著像是希望得到允許似的神情看著他父親。

我心想：這樣子不行，志朗同學太過在意他父親了。

於是我請他父親暫時離席，重新開始跟志朗同學一對一面談。

7

面談室只剩下我及志朗同學，我重新提問。

志朗同學的表情變得比較開朗了。我雖然較爲放心，但還是很在意剛剛離席的志朗同學的父親。他在離開面談室之前狠狠地瞪了志朗同學一眼，並以恐嚇般的語氣丟下一句：「給我小心一點啊！」

「你父親平常就這個樣子嗎？」

「你說那個人嗎？是啊。」

志朗同學以「那個人」來稱呼父親，這讓我的心情變得很糟。

現在有許多孩子會以稱呼他人的字眼，例如「那個人」或「那傢伙」來稱呼父母，甚至在面對面時還會直接稱「你」。有時候可能是因不好意思或裝腔作勢才這麼稱呼，但這樣的稱呼卻導致不少親子之間產生了代溝。

我看過一本杜斯妥也夫斯基的小說，裡面寫道：「俄國這種親子之間不顧禮貌的對話習慣，在親子感情融洽時還無所謂，但若吵起架來就另當別論。」我倒是認爲就是因爲對話時沒有禮貌，才會導致親子吵架。

「今天你媽媽沒有來嗎？」

「我媽媽去旅行了。」

「你肯用『媽媽』來稱呼你母親，但卻用『那個人』來稱呼你父親？」

志朗同學有點困擾地垂眼，似乎試圖想出一個較好的答案，隨後又閉口不語。

我改問他那天順手牽羊的情形，他看了看面談室的出口，支吾其詞。這種狀況在面談中出現過好幾次。

志朗同學原本應該是個很健談的孩子。毫無理由，我只是直覺地如此認爲罷了。硬要說原因的話，我覺得他看起來像是個擅長對話、溝通，在班上蠻受人矚目的活潑少年。

不過，在我眼前的志朗同學卻不太愛講話。他明明看起來很想跟我說話，但是在開口前總會有所躊躇。

造成這種狀況的唯一原因，肯定是父親的出席帶給志朗同學莫大的壓力。他父親丟下的那句「給我小心一點啊」束縛了他。

「志朗同學，你平常假日都做些什麼呢？」爲了轉換心情，我換了個話題。

志朗同學並未立即回答，他好像在苦惱回答這個問題也無妨或是應該保持沉默。過了一會兒，他才小聲地回答：「聽爵士樂。」

「哦，聽爵士樂啊？」我不太清楚現在的高中生聽爵士樂算不算普遍。「你父親對此有什麼看法？」

「我爸爸很討厭爵士樂。」志朗同學小聲說道。「他一知道我在聽爵士樂，就會生氣地關掉音響。」

我沒察覺到志朗同學只有在這次回答時，以「爸爸」一詞來稱呼他父親。

「他明明那麼喜歡運動服？」

「咦？」

「爵士樂與運動服聽起來很像對吧？」我說道。「運動服、運動爵士、爵士樂。」（註）

志朗同學很認眞地問我：「請問武藤先生……，你今年幾歲？」

「二十八歲。」

「哦——」他露出意有所指的表情看著我。

「你那是藐視的眼神吧？」

「沒有啊。」

「你當我是個傻瓜，覺得我是個老頭子，對吧？」

「不……」志朗同學擺出裝傻的神情。「只是……，拿運動服及爵士樂來搞笑，實在不太恰當吧。」

「這種冷笑話反而會讓人覺得新鮮，不是嗎？」我刻意強調了「反而」這個字眼。

原本我還期待這招豁出去的冷笑能話稍稍打開志朗同學緊閉的心門，不料效果不如預期好。

「你是很想要那本漫畫嗎？還是什麼都好？」

「我應該是……想要那本漫畫。」

「你不覺得自己做錯事了嗎？」

「當時並不覺得。」

在這種狀況下，我們持續對話了一陣子。不過在我問到「現在你覺得自己做錯了嗎」之後，他再度陷入沉默。

「說說看你當時的心情吧。」我裝得像十年老友，語氣輕快地詢問他，但志朗同學依舊含糊其詞。

「你若堅持不肯說出眞相，那我就要請你下週再過來一趟嘍。」我很誇張地加強語氣說道。不知爲何，志朗同學聽到之後反而很高興地回答：「眞的嗎？」之後不管我怎麼問，他都不肯回答。

也許他瞧不起我，覺得只要再來面談一次就可以；或是他不中意我的問話方式。總之他就是不願意再度開口回話。

沒辦法，我只好請志朗同學到外面等，換他父親進來面談。

志朗同學在離開面談室時回頭對我說：「請你記得把我剛剛跟你說的話全部告訴那個人。」

「將你說過的話全部告訴你父親？」

「嗯，請告訴他我說了些什麼。」

我回答：「知道了。」不過，卻無法理解這個要求的用意何在。我抓了抓頭，心想：要我告訴他你講了什麼……，不過志朗同學，你明明什麼都沒告訴我嘛。

註：此句日文原文念作JYA-JI、JYA-ZU、JYAZU，爲諧音冷笑話。

8

如我所擔心的，這名穿著運動服的男人果然是個強敵。我的態度應該還算友善，但他那緊張的神情卻一直持續到面談結束。

「那孩子說了些什麼？」他劈頭就這麼問。

「他並沒有說太多話。」

「但也不是什麼都沒說吧？」他的神態好像要撲上來咬我似的。他大概非得全面掌控孩子的言行，才甘心吧。

這名父親肯定是因爲在事業上有所成就，便以爲他的生活方式絕對正確，進而強求孩子跟他過一模一樣的人生。

連在踢足球或打棒球時，一再使出成功策動過的戰術都會被對手看穿了，更何況是人生？要是他以爲在人生中同樣的作戰能夠一再生效，那就是太小看人生了。

「志朗同學他蠻喜歡聽爵士樂呢。」我心平氣和地說道。

男人板著一張臉，什麼話都沒說。

子。

「您是否很討厭爵士樂呢？」

「不知道。」他很粗魯地回答。

「爵士樂其實蠻不錯的喔。」其實我也只知道幾名薩克斯風手，卻裝出對爵士樂很熟的樣子。

「我從沒聽過爵士樂這玩意。」

還不都是因爲你會把播放爵士樂的音響關掉。

「他還說了什麼？」

「呃……」我硬是湊出微笑，告訴他：「志朗同學確實沒講什麼話，倒是他在家裡已向您提過他順手牽羊的事嗎？」

「沒有。」

「他之前是否曾偷過什麼東西呢？」

「不知道。」

不管我怎麼問，他就只會回答「不知道」、「不曉得」、「還好」。路旁的自動提款機還比他會說話。

「您平常都給志朗同學多少零用錢呢？」

「還好。」

「大概是多少呢？」我這麼一問，他便露出不耐煩的神情反問我：「他怎麼回答這個問題？」

「志朗同學並沒回答。」

「那我也不想講。」

這算勞啥子理論？我覺得被潑了一盆冷水，並開始推測，說不定這對父子打算將我這名正喪失自信的調查官推入更黑暗的深淵，好讓我發瘋、失去理智。

我持續丟出得不到回應的問題，但內心早就放棄了。雖然很不甘心被陣內的預言說中，但我已有進行第二次面談的覺悟。

我請志朗同學進來，讓他們父子倆坐在一起，並拜託他們：「請於下週同一時間再過來一趟。就算只有志朗同學一個人也無妨，但請務必要過來。」

「非來不可嗎？」志朗同學看著我問道。他好像終於想說話了。

我點頭說：「非來不可，要是你沒出現，我會去你家找你喔。」爲了強調嚴厲，我還特地在句尾加了帶有威脅性的話語。

大部份少年在聽到還要進行第二次面談時都會面露不悅，覺得麻煩與不安。志朗同學卻靠在椅背上，很高興地點頭回應，讓我有點不知如何是好。

「你很高興嗎？」

「並不是，只是你不說非來不可的話，我會很困擾。」志朗同學強調地回答。

我帶點自暴自棄地將陣內給我的文庫本交給志朗同學，現在好像只能靠它了。「這本書你拿回去看，算是作業。」

他父親也看了看這本書。

「這是芥川龍之介的書，他針對不少事情寫下了個人看法。」我雖然不太記得書本內容，仍裝出很懂的樣子。

「啥？作業？」

「看完之後，找出你最中意的篇章或句子，就算只有一個也好。」

「哦……」志朗同學隨手翻了一下，他父親依然瞪著他。

說眞的，我並不認爲這本《侏儒的話》會有什麼效果。大概是因爲我想放棄了，才會派下這種作業給他吧。

今天就到此告一段落吧，我剛起身說完，志朗同學隨即大笑起來。我抬頭一看，他已打開那本文庫本，面談室當中響起一陣爽朗的笑聲。

「怎麼了？」

「夾在書裡的這本小書是武藤先生你寫的嗎？」志朗同學從文庫本裡抽出一本小冊子問道。

「這不是芥川龍之介的作品吧？」

「不是我寫的……。那是什麼啊？」

一股不祥的預感害我慌張起來，我忙亂地取回那本小冊子打開一看，紙上印著一排打字機字體的標題——「侏儒的話　廁所塗鴉篇」。

跟眞正的《侏儒的話》一樣，小冊子裡列了好幾句看起來像是警語的句子，只是其內容眞的如同是抄自公共廁所的塗鴉，淨是些怪東西。

求神不如給我紙，毛髮也可以。（註）

這根本是冷笑話。

女生廁所是迷宮不成！時間停住了不成！

大概是對情人去上個廁所卻遲遲未歸感到愕然吧。

好想當婦產科醫生啊！

吧。

看到這句話，連我也差點笑出來。這大概是青春期性慾過剩的男生內心發出的不正當吶喊

小冊子裡列著一大堆意義不明的句子，讓我很困惑，不曉得該怎麼接話才好。

志朗同學說：「武藤先生，這好好笑喔。」他哈哈大笑了起來。

他父親原本一直面無表情，但看到紙上的句子之後也有所轉變。「這什麼東西啊？」至少那看起來不像是不愉快的表情。

在木原父子離開後，我馬上衝回調查官室質問陣內。「夾在書裡的那本小冊子是什麼玩意兒啊！」

「是我特別編撰的。那是從市內公廁裡抄來的名言集，很棒吧？其中不乏許多有趣的句子呢。」

「還許多有趣的句子咧……。你要我把那種玩意兒交給那名少年幹麼？」

註：「神」、「紙」與「髮」，在日文中皆念作 KAMI。

「你自己想要嗎？」

「不是啦……」

我原本還想向陣內抱怨幾句，後來作罷。基本上我講不贏他，而且重點是志朗同學回家之前向我道別時，表情明顯比剛來之時開朗許多。這無疑是拜陣內那本無聊的「名言集」所賜。

9

過了兩天，也就是週末時，我在意想不到的地方遇見志朗同學；在速食店。

當天我閒來沒事漫步在街道上，一時興起進入服裝店逛逛卻被留著鬍子的店員推銷，買了一件並不是很喜歡的秋裝外套。回家路上，我進到速食店喝杯咖啡，被突然出現在我眼前的人嚇了一跳。原來是志朗同學。

「武藤先生，眞是偶遇呢。」

「嗯，是啊。」

我很喜歡調查官這份工作，也蠻引以爲傲的，不過我不太喜歡在非上班時間見到這些少年。

相信這種心態每個人都有。在休假時間還想到工作的人，與其說是工作狂，倒不如稱爲藝術家還比較妥當。

「我出來買東西。」志朗同學舉起手上那個廉價服裝店的紙袋，露齒笑道：「這是那個人的衣服。」

「咦？你父親的衣服？」

「讓他一直穿著運動服實在不好看，而且又很怪。」

「說……說的也是。」我答道，腦子卻一片混亂。我越來越搞不清楚志朗同學與其父親之間的關係到底是好是壞了。

「啊，這可不是順手牽羊喔。」志朗同學臉上浮現孩子般的笑容，在未徵得我的同意之前就擅自坐在我對面的位置上。我並未說出：「都吃完東西了，幹麼不快點回家？」好歹我也有點常識，知道不該將心裡所想的話全部講出來。

「你父親呢？」

「那個人在家。」

我心想，他該不會連買衣服都命令孩子去做吧？不過這僅止可能而已，我沒什麼好說的。

「你母親還在旅行嗎？」

「嗯，再過一週才會回來。」

「跟上次在家裁所面談時比起來，你顯得有精神多了。」

此時的志朗同學跟幾天前在面談室的樣子截然不同。就算因爲他父親不在場，未免也差太多了。他主動找我說話的開朗樣子，令人不禁認爲這才是原本的他。

「因爲狀況不一樣了。」

「狀況？什麼狀況？」

他微微低下頭，像是在掩飾不好意思似地抓了抓額頭說：「就是我跟那個人的關係啦。」

「跟你父親的關係？」我有點驚訝地回問道。「狀況眞的不一樣了嗎？」

「因爲我們聊了許多。」不曉得爲什麼，志朗同學突然開始憋笑。

「聊了許多？」

「我們知道了互相交談是件很重要的事。」

我整個人傻住了，還以爲是在看一部很好笑的鬧劇似的。隨著戲劇的落幕，劇中角色們突然都變得無比地懂事，這樣的情景眞有可能出現在現實生活中嗎？我覺得相當不可思議。

不過志朗同學神情爽朗的模樣是不爭的事實。

「這杯是黑咖啡嗎？」他指著放在我與他之間的杯子問道。

志朗同學好像快抓到與我相處時的距離感，口氣時而輕鬆時而恭敬地跟我對話。我並不討厭這種試圖掌握住彼此距離的方法。

「沒有加砂糖就是了，怎麼了嗎？」

「因爲你姓武藤，所以不加糖嗎？」（註）

我直盯著志朗同學，然後對他說：「一個高中生說出這種無聊的冷笑話幾乎等同於可恥的失態，不是嗎？」

他的表情稍稍變了，辯稱：「我只是試著配合武藤先生你罷了，我以爲你很喜歡這類冷笑話。配合對方的程度進行對話可是我的拿手絕活喔。」

「別看我這樣，我也才二十八歲啊。」

「咦？」

「並不是大叔喔。」

「可是，你大我十歲以上啊。」

我原本還想回話，想想作罷。我心想：算了，二十八歲究竟算不算是中年人，這問題就跟

註：「武藤」與「不加糖（無糖）」在日文中皆念作MUTOU，爲諧音冷笑話。

「白蟻不算螞蟻，應該說牠們跟蟑螂同類才對」一樣，並不會對日常生活造成太大的影響。

「對了，武藤先生，我看了這本書喔。」志朗同學拿出了一本文庫本，是我給他的芥川龍之介的作品。

「哦，你隨時帶在身上啊。」我心想：這本書並非全無作用嘛。

「很有趣喔。雖然武藤先生你寫的那些句子更好笑，不過這本書的內容也很有趣。」

我試著說明那本小冊子並非我寫的，但志朗同學並不相信。

「你喜歡看書嗎？」

「我平常不太愛看書，不過這本書還蠻有趣的，內容很愚蠢。」

「愚蠢的內容比較好吧。」我同意道。有時「愚蠢」反而是一種讚美。我想起兩年前分手的女友也曾感慨地說：「約翰．卡本特（註）的電影實在有夠蠢的。」這句話應該包含了「讚美」的意義在其中吧。

「那個人也看過這本書了喔。」

「你是指你父親嗎？」

「不曉得那個人是什麼時候擅自拿起來看，結果也笑得很開心。」

「你父親笑了？」

志朗同學說：「嗯，他應該是笑了。此外，我最喜歡的句子是這一句，嗯……，這裡、這個這個，很了不起呢。」他翻了翻書。

我看向他所翻到的那一頁。

人生悲劇的第一幕乃是由成爲親子開始。

「原來如此。」我點頭道。

「還有，這句我跟那個人都很中意，眞的很好笑。」他又翻到另一頁給我看。

「恨罪不恨人」這句話要實行起來並不難，大部份的孩子都會對他們的家長實行這句格言。

我笑著再說了一次「原來如此」。芥川龍之介的文筆還眞是尖銳啊。

孩子們習慣原諒家長，這種狀況的確有可能發生。「家長總是讓孩子們感到幻滅。」這句話

註：約翰．卡本特（*John Carpenter*, 1948～），美國電影導演，以《月光光心慌慌》（*Halloween*, 1978）、《紐約大逃亡》（*Escape from New York*, 1981）、《V字特攻隊》（*Vampires*, 1998）等片著名。

跟我日常感受相當一致。

我心想：話又說回來，那個既冷酷又像極君王的父親，會跟志朗同學一起看這本書、一起放聲大笑？實在很難想像。

「武藤先生為什麼會成為家裁調查官呢？」志朗同學突然丟出這個問題。

「你怎麼突然這麼問？」

「反正下次面談時肯定是我單方面接受質問，現在先讓我問一下又沒關係嘛。你為什麼成為家裁調查官呢？」

「這個嘛……」我看著志朗同學，眼睛眨個不停，隔了好一段時間後才回答：「為了與你相遇。」

「這算啥？」志朗同學一臉困惑。

「我只是想到日後如果有機會負責調查一名可愛的女高中生，當她問這個問題時我就會這樣回答她。」

「武藤先生你太笨了。不過不能察覺到自己的愚蠢，並不是你的罪過。」他明明還只是個高中生，口氣卻很囂張。「話說回來，你不覺得調查官這份工作很辛苦嗎？」

「怎麼說？」

「你又不瞭解我們，我們很狡猾，還能毫不在乎地說謊。」

「這個嘛……」我回想起前幾天讓我失望透頂的那名援交女高中生的樣貌，差點就嘆了口氣。

「武藤先生，跟我們這種人面談，眞能讓你們找出我們犯罪的原因嗎？」

他可能只是想開我玩笑才會說出這些話，不過我很肯定地回答道：「當然可以。」

志朗同學顯得有點驚訝。「該不會只是你們自以爲找到而已吧？」

「調查官既非刑警、也非教師……」我一邊拿起散落在餐盤上的薯條塞進嘴裡，一邊慷慨地說：「想吃的話就吃，不用客氣。」

「調查官、刑警與教師，相差不遠吧？」

「差多了。」我說道。「刑警只會抓你們，因爲你們做了壞事。教師則是教導你們知識，讓你們學到在社會當中應當具備的知識與常識。」

「那調查官是做什麼的？」

「聽你們說話。」

「好像很了不起的樣子。」志朗同學苦笑道。

「我再說明白一點，調查官是你們唯一的戰友。」

「戰友？但我們還可以請律師啊。」

即便是少年犯罪，也能像一般官司一樣請律師以隨行者的身分從旁協助。

「律師稱不上是戰友，只是你們付錢請來的專家，頂多算是可靠人士罷了。」

「可是我朋友說多虧有律師幫忙，讓他犯下的恐嚇罪改判成所謂的『一般借貸』而已。」

我心中浮現一抹憂鬱。我相信我的心情此時看起來一定很像咖啡色，而且是不加糖的。因爲我姓武藤，所以不加糖。

「對嘛。」我說道。「律師頂多就只能幫你們到這種程度。就算將恐嚇罪變不見，也不代表那名少年眞正得到了幫助。」我噘起嘴來。「那就跟教一名陷入低潮的打者怎麼去破解對方捕手的暗號一樣，只能幫助他渡過眼前的難關。但一名棒球選手眞正需要的，應該是修正他錯誤的打擊姿勢才對。」

「武藤先生，你懂得怎麼去修正錯誤的打擊姿勢嗎？」

「就算我不懂，至少還看得出誰的打擊姿勢不對。」

「這樣還不是一樣沒有意義。」

「可是……」我邊嚼著薯條邊說：「即便沒有意義，至少能讓他知道有個戰友嘛。假設我是棒球選手，若有人願意告訴我其實我的打擊姿勢不對，這樣我會很高興呢。」

「會嗎？但像你叫我去面談，結果都只是你單方面在問我問題。說眞的，這讓我覺得家裁所的人很煩呢。」

「調查官可是暗藏手槍的牧師喔。」我說道。這是從陣內那邊學來的句子。

「聽起來蠻帥氣的呢。」

「大叔我偶爾也會想要帥一下啊。」我笑道。

「手槍指的是？」

「我們調查官持有名爲『法律』的手槍，可是我們並不常拿出來用。」

「意思是你們不會搬出法律來用？」

「在心情上啦。」我說道。「就算我們眞用上了，但平常還是將它藏於懷中。」

「是捨不得拿出來用嗎？」

「不，因爲我們是牧師。」

「牧師？」

「我們等待犯下過錯的少年何時願意來傾訴眞正的心聲。在告解室裡聽人告解並不需要手槍。」

「可是，還是帶著手槍不是嗎？」

「眞有必要之時，我們會拿槍威脅，硬將犯錯的少年帶進教會去。」

「好可怕喔。」

「沒錯，我們看起來或許像是好好先生，不過還是很可怕的。話又說回來，律師就不會想到要藏起手槍，他們如同獎金獵人一樣到處開槍。跟獎金獵人比起來，牧師應該比較像是你們的戰友吧。」

「光是跟我們面談，眞的就能解決問題嗎？」

「社會上還有許多少年因沒人肯聽他們說話而痛苦萬分呢。」這是我的眞心話。

「總覺得武藤先生的話聽起來，會讓人覺得調查官比律師或刑警還要了不起。」志朗同學笑道。

「我就是故意要讓你產生這種想法啊。」我也笑了。「可是調查官因爲很少有機會用槍，所以必要之時反而會忘了槍該怎麼用。」

「這樣不行啦。」

「也對。」我所說的就跟幾個月前陣內對我說過的話一模一樣。

「你認爲家庭環境是引發不良行爲的原因嗎？」志朗同學像是在測試我究竟有沒有資格擔任調查官一樣。

「嗯。」我馬上回答。

「哪有那麼簡單。」

「就是這麼簡單。」我強調地說。「就因爲這個單純的原因，社會上才會到處都充斥著不良少年。」

「意思是說，這是家長所給予的愛夠不夠的問題嘍？」志朗同學的口氣好像在懷疑我的想法太過簡單、浪漫。

「這世上並沒有所謂的好家長，不過也沒有絕不會受到家長影響的孩子。」

「可是，我並不認爲不良行爲的原因出在家長身上。」志朗同學說道。「我身邊不乏只是爲了打發時間而出手犯罪的朋友，那種人應該佔不良少年的大多數吧？」他伸手拿起薯條，塞進口中嚼了起來。「而他們又能很輕易且誇張地騙過像武藤先生一樣的調查官。」

這的確是事實。有些少年抱著遊戲心態犯罪，被送至家裁所時卻馬上控訴：「都是我父母不好，他們不愛我。」但，說眞的，我對這樣的少年還是抱持著樂觀的看法。他們單獨一人時沒有問題，但湊在一起時，行爲就會產生偏差。陣內常說：「孩子的英文寫成child，但複數型態卻不是childs，而是改用children，表示本質已截然不同了。」他認爲孩子們具有這樣的特性。

這類少年隨著年齡增長，當再也無法聚集在一起時，就會主動遠離爲了打發時間的不良行爲，所以我並不會很擔心他們。

另一方面，卻也有另一群少年犯罪的原因不同於打發時間這種無聊理由，他們活得很辛苦。由於情況的嚴重程度無法輕易分辨，我們只好儘可能地成爲所有少年的戰友。

「我們早就看穿了。我們並不是被那些難纏的少年所騙，而是故意裝出被騙了的模樣。」

「眞是死不認輸呢。」志朗同學開玩笑地說道。

事實上我的確是蠻死不認輸的，不過我還是說：「帶著手槍的牧師怎麼可能被騙？」

10

這一切只是偶然，但我與志朗同學回家的方向居然相同。雖然覺得有點怪怪的，但我還是順勢說出了：「去你家看看吧。」

我們並肩走在由市內通往郊外的國道旁的人行道上，聊著一些無關緊要的話題。如我第一次面談時所感受到的，志朗同學果然是個開朗活潑的平凡高中生，展現有禮及害羞的時機都抓得很對。偶爾會讓我覺得他要比我想像中還聰明，但有時又顯得有些冷淡。

「上次面談時你太過緊張了嗎？」我若無其事地問，志朗同學卻露出了困惑的神情。「狀況不一樣啦。」他苦笑道。淨是用這句話搪塞我。

志朗同學一知道我是個沒女朋友的單身漢，馬上興奮起來。「我介紹女高中生給你如何？」

「好啊，務必請你幫忙。」

「調查官可以說出這種話嗎？」

「我是個公私分明的人。」我回答道。「志朗同學，你有女朋友嗎？」

他臉色變了。先是變得蒼白，隨即又神情一轉，雙耳泛紅。「原本有，但被甩了。」

我看到他神情的變化，便開始想像他會順手牽羊，大概與此事有關。雖然這樣任意臆測有點危險，但志朗同學那略帶寂寞的側臉令我無法忽視，使我不禁如此認爲。

「要是沒有女朋友的話，我介紹一個大你十歲的阿姨給你如何？」我剛說完，志朗同學便苦著臉說：「這算是體貼晚輩嗎？」

志朗同學家是棟很氣派的豪宅，即使在高級住宅區當中也極爲醒目。紅磚色的外牆予人厚實感，庭院很寬廣，以豪華稱之絕不爲過。大門兩旁伸展出櫸樹的枝椏，枝葉非常茂密。圍牆內側則有稱爲毬果植物的觀賞用針葉樹整齊地並排著。

好氣派的房子喔——這句話我並未說出口，也不認爲說出這句話會讓他感到高興。畢竟有一個身爲公司大老闆的父親，對孩子而言也算是極大的壓力。

此時我察覺到一個奇特的現象，令我頗爲不解。志朗同學家二樓的某個房間的窗戶並未關上，傳出了很大的爵士樂聲。

是爵士樂。這是桑尼・羅林斯（註一）所吹奏的次中音薩克斯風（註二）嘛！這首曲子出自相當著名的專輯，所以我一聽就知道。屋內傳出豪爽地吹奏薩克斯風的樂聲。

我看向志朗同學。

志朗同學「嘖」了一聲，說：「他一定是聽到睡著了啦。」

「咦？」我不知該如何回應。「你不是說你父親很討厭爵士樂嗎？」

志朗同學轉身面對我站好，一邊鞠躬一邊說：「武藤先生，下週再見。」接著他倉促地走進家裡，我則獨自被留在門外。

不消幾秒鐘，志朗同學由傳出羅林斯的樂聲的窗戶探出頭來，有點尷尬地向我點頭致意。過了一會兒，那個穿著運動服的父親起身出現在窗戶旁。可能因爲剛才在睡覺，他並未戴著那副誇張的眼鏡。他露出不好意思的模樣，讓人完全感受不到一個掌握全國連鎖店的董事長應有的氣勢。

我點頭致意後轉身離開志朗同學家。

只是我有一點無法理解，志朗同學前幾天才說他父親討厭爵士樂，每當他在家裡聽爵士樂時他父親就會關掉音響。

現在我所看到的卻與他說的完全相反。自他家中傳出的巨大音樂聲正是由經典的薩克斯風大師所吹奏的爵士樂，而志朗同學的父親則聽那種音樂聽到睡著。

他明明很討厭，卻聽得下去？我該不會又被騙了吧？我硬是打消這浮現的念頭，懶得再去思考了。

11

「武藤，想也知道你又被騙了嘛。」陣內很乾脆地說出了我不希望聽到的這句話。

時間地點仍然是早上的辦公室內。我對陣內說明了週末遇見志朗同學的情形，以及有關他父親討厭爵士樂這個說法的矛盾之處。

「拜託你不要說的這麼白好不好？」

「我有說錯嗎？那個穿運動服的老爹肯定不安好心，他或許跟他兒子有所企圖喔。」

註一：桑尼・羅林斯（Sonny Rollins, 1930～），美國薩克斯風手，傳奇的一代爵士大師。

註二：次中音薩克斯風（Tenor Saxophone），音色圓滑溫潤，在常見的四種薩克斯風中屬於中低音域。

「什麼企圖？」

「我大概猜想得到。」陣內那自信滿滿的態度讓我很不安。「那對父子檔八成隱藏著什麼事，才會說謊騙你。」

「但他們父子倆的感情好像沒有好到可以共謀的程度啊。」

「哎唷！」陣內不耐煩地說：「那是他們裝出來的啦。他們故意在面談時裝出不和的樣子，其實早就計畫好了。」

被陣內這麼一說，我開始回想第一次面談時的情況。以監視般眼神看著兒子的父親，以及懼怕那道視線的兒子，那真的都是演技嗎？

「我覺得看起來不像是演戲啊。」

「你說在速食店碰到那名少年時，他的表現與面談時截然不同嗎？」

「確實完全不一樣。」這我不得不承認。

「我知道了。」陣內露出詭異的笑容，讓我心生不祥的預感。

「他母親不在家對吧？」

「嗯，聽說是去旅行了。」

「他說謊。」

「咦？」

「那對父子殺了她，並將她埋在庭院裡。他們爲了隱瞞此事，才會有這種不自然的舉動。」

「等……等一下。」我從椅子上站了起來。「哪來的殺人事件啊？」

「事情就是這麼簡單。」陣內很滿足地搖頭晃腦說道。

「你憑什麼斷定他們殺了人？」

「一定是這樣啦。雖不中亦不遠矣。」

「好啦，就算我讓個百步，假設眞有此事好了……」

「錯不了啦，這一定是眞的。」

「那何必編出父親討厭爵士樂這個謊話呢？」

「這個嘛……」陣內的眼神開始飄動。反正他大概是想要邊發言邊想些爛理由來搪塞我吧，每次都這樣。「因爲屍體會發出腐臭味。就算埋在土裡還是會發出臭味，所以他們打算用爵士樂掩蓋過去。」

「用爵士樂掩蓋臭味？」我嗤之以鼻。

「就是以刺激聽覺的方式來使嗅覺變鈍啦。」啥？我感覺陣內肯定不曉得他自己到底在說些什麼。「你說你聽到了桑尼·羅林斯的〈Moritat〉對吧？那首曲子原本被用在一部以犯罪者爲主角的歌劇上，又名〈Mack The Knife〉。哦，原來她是被刺殺的，難怪他們會放這首曲子。」

「我覺得不是這樣。」

「那不然就是……」陣內提高聲調說：「那男人很後悔動手殺死妻子，爲了贖罪而開始聽爵士樂。故意轉大音量聽著討厭的爵士樂，藉此懲罰自己以贖罪。」

「請別說出這種像『害怕饅頭』（註）那樣胡鬧的說法好不好？」

「音樂有時候還是能夠救贖一個人的喔。」陣內噘嘴說道。

整個辦公室的同事都知道陣內是某樂團的成員。他有時會以要參加樂團練習爲藉口，慌張地提早下班；放假時也常耍賴說有演唱會，要求別排工作給他。

光是想像平常已經夠吵的陣內以比平日更加囂張的模樣在台上彈著吉他的身影，就足以讓我全身起雞皮疙瘩，所以我至今從未親眼看過他的表演。幸好到目前爲止，陣內從未對我提出「來看看我的演唱會」這樣的邀請。

據說小山內先生曾去陣內表演的那間Live House看過幾次。我問他有何感想，他點頭笑著回答：「不錯。陣內彈的吉他眞是不錯。」

聽他這麼一說，讓我產生偶爾去聽一次也無妨的想法。不過一想到陣內總是很得意地說「我的演奏很帥氣喔」，就讓我打消了想去捧場的念頭。

再加上陣內他曾說過：「我在十幾歲時曾遇上銀行搶案，當時我在現場唱了〈Hey Jude〉呢。」聽到這種擺明就是掰出來的誇張故事，讓我對他的演奏抱有警戒心，也不禁懷疑他對音樂到底有多認眞。

當然啦，我對陣內玩什麼樣的音樂以及演奏方法倒蠻有興趣就是了。

「陣內，你父親是個什麼樣的人呢？」上班時間逼近，其他辦公桌的主人陸續出現，辦公室內的空氣流動起來，此時我突然想到這個問題。

「幹麼突然問這個？」陣內很難得地露出退縮的神色。

「沒什麼特別含意啦，只是看到志朗同學的父親是那樣的人，就覺得他很可憐。既不理解他，又冷淡。然後就想到不曉得你父親是個什麼樣的人……」

「我老爸是個最差勁的傢伙。」陣內一個字一個字清晰地說道。

由於陣內平常不管面對什麼事，總是一副死不認輸的態度，害我以爲他八成是對志朗同學起了對抗的念頭，才說出這個答案。不過看他的表情似乎又不是這麼回事。他很認眞地回答：「他

註：饅頭是一種內包甜餡的日式點心，而「害怕饅頭」是一則日本著名滑稽故事。大意爲一群年輕人聚在一起討論彼此害怕的東西，其中一人說他怕饅頭，於是其他人趁他睡著時買了一大堆饅頭丟進他房間，結果他邊喊著好怕好怕，邊吃光所有饅頭。其他人看了相當生氣，追問他到底怕什麼，他便答道：「我怕濃一點的茶。」

只是個剛愎自用又愛瞎掰的人，實際上內心醜陋非常，是個最差勁的人。」

「他會對你施加暴力嗎？」

「如果他只是那樣，反而比較好懂，但並不。他在社會上是個很了不起、認眞且優秀的人士。不過，他卻是個最差勁的人。」

「最差勁的人？」

「即便他與我母親離婚後我們再也沒見過面，他仍然是我最瞧不起的人。」

「這樣子啊……」我完全沒料到他會說出這些話，因此應答聲不自覺地變得微弱。「現在呢？你現在依然非常瞧不起他嗎？」

「現在我就不曉得了，也不在乎了。」陣內臉上不見任何勉強的神色，只有宛如已經徹底解決此事的爽朗神情。「因爲一個小小的契機，讓我再也不會在意他的事了。」

我聽到小山內先生在叫我，所以沒辦法繼續聽他說下去。

12

當天下班後我前往志朗同學家。說是順路也罷，總之我就是有點在意。

我踮起腳尖，透過針葉樹及櫸樹的空隙窺探庭院。夕陽逐漸西沉，天色尚未完全轉暗。

雖不太想承認，但我對陣內所說的「父子聯手殺了母親後將屍體埋在庭院裡」這個毫無根據、卻又異常恐怖的玩笑話感到在意。

我嗅了嗅，試圖聞出異臭，但吸入的只有樹林的馨香，並沒有任何腐臭味。我瞇眼掃視庭院，看看泥土表面是否留有被翻過的痕跡。

這些舉動早就超過調查官的工作範疇了。

要是再繼續徘徊下去，附近的主婦大概就要打電話叫警察了吧……。這個念頭才剛浮現，大門便打開了。我硬是把差點跳出來的心臟吞了回去，快速地躲到電線桿後面。

走出來的是志朗同學的父親。他警戒地看了看周遭後邁步離開，我不自覺地開始跟蹤他。

走著走著，天色變暗了。志朗同學的父親不再穿著運動服，而是穿了一件深藍色的短袖外套，那大概是上次志朗同學去幫他買的衣服吧。

走到鬧區，身邊突然亮了起來。居酒屋、酒館及拉麵店的看板滑稽地閃著亮光。志朗同學的父親經過街角的便利商店後向左拐彎，我加快腳步跟上。

不料一轉過轉角，志朗同學的父親便出現在我面前，看樣子他早已察覺有人在跟蹤。「你是那個在家裁所上班的人吧？」

「……是的。」

我正想道歉，他卻搶先開口說：「要不要去喝一杯呢？」

「啊？」

志朗同學的父親有點自暴自棄地灌起酒來。

由於受到這名大公司的董事長邀請。我本來期待他會帶我去很高級的酒吧，或是有聰穎伶俐的女孩子陪伴的酒店，結果不是。不然至少也該帶我去他所經營的居酒屋連鎖店，讓我享受一下跟董事長同行的待遇，結果也不是。

我們去的是一間連我還是大學生時也不會進去的小居酒屋。

喝起酒之後，志朗同學的父親並未質問我爲何要跟蹤他。

「之前那個，蠻有趣的。」他在喝了幾杯啤酒後說道。

我還在跟第二杯啤酒奮戰。「那個？您指的是？」

「芥川什麼的書。」

「哦……」

「我昨天一直在看那本書，其實我已經好幾十年沒這樣好好看過書了。」

「是因爲當上董事長，所以覺得沒看書的必要？」

「不，還是有必要吧。」他的語氣像是在說別人的事似的。我心想：若你是在開玩笑，那自己也該笑一下吧。

「你覺得哪句話最棒？」

「有一句『我們人類的特色，就是會去犯下神明絕不會犯的過錯』，還有『沒有任何刑罰比不處罰更令人難受』這句吧。」太驚訝了，他居然記住了這兩句話。

我聽到他的話之後，靈機一動地說：「原來如此，您是犯了某種一般人會犯的錯誤，因此很希望接受處罰，對吧？」但我隨即感到毛骨悚然，整個人抖了起來。他的話聽起來實在太像是在自白「我殺了志朗同學的母親」一樣。

「大概吧。」他原本想要再接話，但因爲剛點的中杯啤酒送了上來，他就喝起酒來。

「志朗同學是個好孩子呢。」

「他嗎？是啊。他是個好孩子。」令人意外地，他很乾脆地認同我的說法。

「上次面談時您的態度非常冷淡、可怕呢。」我說出口了。反正他已經喝醉了。

「當時……狀況不一樣啦。」

「狀況？」這個字眼是某種暗號不成？這對父子居然異口同聲地說出「狀況不同」這句話，

他們是想用帶有謎題意味的話語來造成我的腦袋錯亂嗎？他們眞的這麼痛恨我嗎？

「我給他添了麻煩，眞是對不起他。」他好像醉得很厲害，邊搖晃身體邊自白了起來。

「原來您自己也知道嘛。他的不當行爲與您的教育方針脫不了關係喔。」我脫口而出。

但他眞的喝醉了，我想他大概沒有將我的話完全聽進去。

我打定主意，開口問他：「志朗同學的母親到哪去了？」

由於我怎樣也無法說出「你殺了她，然後埋起來了吧」這種話，只好委婉地問他。

「就說她去旅行了嘛。在這種時候還能去旅行，眞是無憂無慮啊。」他的反應相當平常。

若說這是出自殺人犯口中的謊言，未免也太過自然了一點。他一點都不驚訝或緊張。我得到一個結論，那就是陣內的推論果然是無聊的瞎說；雖然我早就該知道一定是這樣就是了。

我們再也沒提及跟志朗同學家庭相關的話題，不過我覺得這名看起來很頑固獨裁的父親已有反省及後悔之意，這算是此行最大的收穫了。

在離開居酒屋之前，他像是突然酒醒似地，以很有條理的語氣對我說：「武藤先生，你認爲孩子們的人生有可能獲得改變嗎？」

「咦？」

「你們所做的只不過是跟孩子們聊聊天罷了，這樣眞能使狀況有所改變嗎？」

「我認為若能有所改變，那就再好不過了。」這是我的真心話。「聽起來或許有點不切實際。」

「實際……。你說的對，現實狀況才是最要緊的吧。」他以酒醉者特有的語調邊晃動身子邊說：「不是有些大人會說出『好想變成鳥兒喔』這類的話嗎？」

「好像真的有這樣的大人呢。」我也想變成鳥兒啊。

「但那不過是逃避現實的想法罷了。好端端的幹麼把自己變成鳥？」

「嗯，你說的或許沒錯。」我心中一邊浮現出「這到底是什麼話題啊」的念頭，一邊想像著盤旋在空中的鳥兒身影。我抬頭往上看，看到的不是天空，而是居酒屋的天花板。「不過若有人真的以為自己如同飛鳥一樣，那個人可算是個很幸福的人。」

「幸福？」

「能覺得自己如同鳥兒一般，不是件很快樂的事嗎？那個人可說是人生的勝利者。」

「無聊。」他移開眼神，並像是在試探我似地說：「武藤先生，你真的這麼瞭解孩子們的想法嗎？」

「不。」我抓了抓頭。「說真的，我並不瞭解。」我回答道。「不過，我認為日後應能慢慢瞭解他們。畢竟在電影《外星人》中，E.T.都能跟人類的孩子互通心靈了。」

「那只是電影的虛構情節罷了。」他板起臉說道。我噘著嘴心想：搞什麼啊，他腦筋轉得蠻快的嘛。

13

難以置信，我們離開居酒屋時竟然是各付各的。我一直以爲志朗同學的父親肯定會請我，在付帳時我差一點想提醒董事長：「眞的還需要我來付錢嗎？」

我們離開充斥著烤雞煙霧的居酒屋，向大馬路走去。我原本還擔心志朗同學的父親會酩酊大醉，但並未發生這樣的事。他雖然有點口齒不清，但走路倒還蠻穩的。

當我們走進正在重新裝潢的小鋼珠店前面的小巷時，志朗同學的父親對我說：「武藤先生，我有些話想告訴你。」

我原本想回答：「什麼事？」但我背後突然傳來陣陣腳步聲，談話就此中斷。眼前發生的事不允許我再回話。

兩個看起來不像善類的男人把我撞到一旁。我腦子裡才剛產生「咦」這個念頭，整個人就已經撞到路旁的自動販賣機了。

兩個男人身穿不合時節的夏威夷衫，外表散發著一股危險氣息。他們拍了拍志朗同學父親的肩膀，惡狠狠地瞪著他。我唯一能確定的是這絕非老友重逢。

「被我們找到了吧！」其中一人口氣低俗地說：「說什麼要去準備錢，結果竟然躲了起來。」

志朗同學的父親宛如縮頭烏龜一般，哆嗦著說：「抱……抱歉。」

我靠在自動販賣機旁看著眼前的光景，爲之一怔。

身爲大公司的董事長，又讓自己的孩子畏懼不已，卻在小混混面前不停地道歉。這個畫面實在相當奇特。

看樣子志朗同學的父親好像跟這群行跡可疑的人借了錢。換句話說，他所經營的居酒屋連鎖店並不賺錢，說不定早已陷入困境。

同時我也在思考，這兩個急躁的小混混到底多大年紀。一股使命感湧上心頭，讓我覺得身爲調查官的我應該立刻聽聽他們的說詞，然後跟他們一起思考如何改過自新。看樣子我也喝醉了吧。

「少在那邊給我睜眼說瞎話！」其中一個男人揪住志朗同學父親的衣領。

我下意識地採取了行動。

「等一下！」我從自動販賣機旁站了起來，右手無力地往前伸出，快步跑向他們。

「你想挨打是不是？」他們威脅我。

志朗同學的父親不安地看著我。

「哎呀，就給我一點時間嘛。」我將穿夏威夷衫的男人原本抓住志朗同學父親的手撥開。

「你這傢伙！」男人改扯住我的衣服。

此時有個回憶自我腦海中浮現，我的身體以快過思考的速度動了起來。

當我回過神時，我整個人已向後轉，揮出右拳猛力地毆了志朗同學的父親一拳。

我的腦海中有另一個我很驚訝地「咦」了一聲。

此時後悔也來不及了。志朗同學的父親被我打了一拳之後，一臉訝異地搖搖晃晃往後倒。

我察覺到站在我背後的兩個男人也感到驚訝與遲疑。我揮出這拳之後，不曉得下一步該怎麼辦才好，只能站在原地不停地傻笑。

結果很理所當然地，這兩個男人抓住我的衣服，賞了我好幾腳。我跟著倒在志朗同學父親的身上。

但我們並未持續被毆打。我還記得有人大喊「打架啊——」的聲音，隨後男子們就快步離開了。

志朗同學的父親非常反對報案，而我沒有反對的理由。

「眞的很對不起。」我陷入極端的自我厭惡當中，眞想找個地洞鑽進去。

「不……」志朗同學的父親很直接地回答道。「我壓根沒想到會被你揍這麼一拳。」

我自己也沒想到啊，我小聲說道。

「這是充滿調查官之愛的一拳。讓我醒悟過來了。」他面露微笑地說。這大概是他所能說出最令我感到安慰的一句話吧。

可是很抱歉，這拳並沒有什麼愛的成分在裡面，只是很普通的一拳罷了。但好歹我也有點常識，知道不該將心裡所想的話全部講出來。

在回家路上我突然想到，便請求他：「請你務必成爲志朗同學的助力。」我總算是說出一句像調查官的話了。

「這我辦不到。」他看起來非常悲傷。

你這樣還配當父親嗎？——我實在沒精神再大聲對他說出這句話。

14

「武藤先生，聽說你跟那個人一起去喝酒，然後碰到很不得了的事？」第二次面談日到了，我們隔著桌而坐，志朗同學一開口就說了這句話。

「你父親既不去報案，也沒去醫院。」

「可是，你打了他一拳吧？」

「啥？他告訴你啦？」我臉色頓時變得蒼白。

「眞是太棒了啊，太令我感動了。」志朗同學搖頭晃腦地以開玩笑的語氣說道。

我覺得這次面談很順利，跟上次截然不同。這次志朗同學很誠實地回答了我所有問題，連他對學校的不滿及朋友的事都說了出來。

可見這次的面談並沒有受到談話的技巧、演技及顧忌彼此立場等因素的影響。

志朗同學將上次那本文庫本還給我。「我最中意的就是貼了標籤的那句。」

我接了過來，翻開貼有粉紅色標籤的那一頁，下意識地露出苦笑。因爲這張標籤紙貼在陣內所寫的「廁所塗鴉篇」上。

平分身上的錢啦。重新清算一次啦。我要重新安排我的人生。

「這是你最喜歡的句子？」我覺得應該還有其他更棒的句子吧。這根本不叫名言，頂多算是發牢騷。

「我覺得這句話的意義是要有錢人將錢分給窮人。」志朗同學斷然說道。

我並非不能理解寫下這句話的人的心情。在我們懂事之前，世上就已存在因貧富、長相或環境所造成的差別。我們還未認同這樣的差別存在，但我們的人生已經開始。因此我能理解想說出「等一下」的人的心情。等一下，讓我的人生如同白紙一般重新來過。

「這句話讓我超有感覺。」

「超有是吧……」我配合著年輕人的用語回答。

「是超超有感覺啦。」看樣子「超」這個字的數量是可以自由增減的。

「你該不會是要告訴我，你是因爲要平分財產才順手牽羊的吧？」

「才不是！」志朗同學慌張地揮手否定。「我也知道順手牽羊不對。其實是因爲當時我的心情很差。」

「因爲被女朋友甩了？」我笑著問道。

「算是吧，」志朗同學抓了抓鼻子。「還有，當時跟我父親處得也不好。」

「但現在應該還不錯吧？」一想到志朗同學在速食店時開朗的神情，以及他父親在居酒屋時自我反省的態度，我覺得他們父子倆的關係應該已變得頗爲融洽了。雖然我不曉得理由，但看得出事態有急速好轉的趨勢。

聽到我這句話，志朗同學結巴了起來，並未立即回話。

「上次我遇見你父親時，他說你是個好孩子。雖然他外表冷漠，但沒想像中的壞。」

「嗯，那個人是個好人。」

「這表示狀況突如其來地好轉嘍？」

「大概吧。武藤先生，請你放心吧。」

我們又聊了幾句後便結束了這次面談。雖然我還是個心情低落的調查官，但我可以斷言志朗同學清楚理解到他的順手牽羊行爲是犯罪，也有所反省。

我帶志朗同學走出面談室。「其實，我以爲你母親被殺了呢。」鎖上面談室時，我半開玩笑地說出了陣內的推理。「因爲你們的表現實在太不自然了。」

「武藤先生，請不要隨便就殺了我母親好不好？」志朗同學捧腹大笑了好一陣子，邊咳邊說：「眞是個過分的調查官！」

我就此與志朗同學道別。

我在呈給法官的報告書上寫下「不予審理」幾個字。意思就是我考慮到他的反省態度良好，而且犯的是輕微過錯，認爲用不著開庭審理。

這樁順手牽羊案件到此告一段落。當時我心想：志朗同學算是我蠻喜歡的那種高中生，要是年紀再接近一點，我們甚至有機會成爲好朋友，只是今後再也沒見面的機會了吧。

15

沒想到日後我竟然又見到志朗同學。剛剛陣內遞給我的報紙上所刊登的正是志朗同學的照片。

我完全不曉得他被綁架了。

「他不就是那個之前跟穿運動服的老爸一起來的小子嗎？」陣內說道。

報紙上刊登的是他們一家人在自宅前面拍的照片。雖然他剛被綁匪釋放，但看來來精神還不錯，讓我鬆了口氣。

「等風頭過去之後，你再去找他聊聊吧。」陣內說道。

用不著你提醒，我也有此打算。

兩週後，我得以與志朗同學再見面。打電話過去時是他母親接的。或許是因爲發生綁架案後殘留的疑慮，一開始她對我的說詞半信半疑，不過一知道我眞的是家裁調查官之後便同意我前往訪問。之前那椿順手牽羊案件她並不知道，所以她的反應就像是第一次聽到家庭裁判所一樣。

我進入志朗同學家後，他母親帶我前往擺有舒適沙發的客廳。我誠惶誠恐地坐下，她端了個杯耳裝飾華麗的茶杯過來，擺在一張半透明的桌子上。

我向他母親表示希望能與志朗同學單獨談談，她露出不悅的神情，但她還是走了出去。

志朗同學看起來跟半年前一樣，沒什麼改變。

「還沒抓到綁匪吧……」我說道，隨後又補上一句：「很抱歉，突然提起這麼敏感的話題。」

「好像還沒……」志朗同學喝了口紅茶。「你看過報紙了嗎？」

「我嚇了一大跳。」我緩了緩頰後說道。

「你生氣了嗎？」

「我認爲其中必有緣由。」我的口氣就像是在詢問情人爲何劈腿。「眞的嚇了我一大跳。」

「我並不是故意的。」

我開門見山地問：「那個穿著運動服，陪你來面談的人到底是誰？」

「還是穿幫啦……」志朗同學露齒笑了。

報紙上刊登志朗同學一家人的照片中，母親見到兒子安然歸來不禁欣喜落淚，向來表情嚴肅的父親臉上也浮現了安心的神情。

但是我看到照片後卻因照片上的父親與我面談時遇見的人完全不像而大感驚訝。那肯定不是同一個人，他們的相貌與體格截然不同。

「武藤先生，你的口風夠緊嗎？」

雖然對志朗同學即將說出的話感到些許不安，但我認爲此刻不容我退縮，所以我回答：「我的口風就跟牧師一樣緊。」

「那個人其實不是我父親。」志朗同學開始自白。

「那是誰？」

「不知道。」志朗同學脫口說出這句話之後，又補充說明：「啊，我可不是在裝傻喔。我是眞的不知道啦，因爲他突然闖進我家。」

「突然？」

「當時我父母親去長期旅行了。」

「你父親也去旅行了？」當時他只說母親去旅行而已。

「嗯，所以只有我一個人在家。某天晚上，那個人突然出現了……，用出現來形容也不太對，因爲他是打破玻璃、扭開門鎖後闖進我家。」

「他是小偷？」

「倒不如說他是爲了逃命才闖進我家。你還記得當時有個案件是一名搶匪闖進某人家中，並綁走在那間房子裡工作的女傭吧。」

我稍稍回想，點了點頭。陣內也曾拿刊有那樁案件的報紙給我看過。就是那樁女傭說出「搶匪就跟禽獸沒兩樣」，引來眾人訕笑的搶案。

「難不成……」

「沒錯，闖進我家的那個人好像就是那名搶匪喔。」

「眞的還假的？」我不自覺地粗聲粗氣起來。

「超眞的。」志朗同學雙眼亮了起來。「是眞的喔。我怕死了。再加上那個人已經豁出去了，所以一開始他看起來眞的很可怕。他要求我讓他先躲一下，不對，應該說是他威脅我才對。」

「可是，爲什麼他會陪你來面談？」

「他闖進我家的日子剛好是面談的前一天，而我並未將我被家裁所約談一事告知我父母。說實話，我原本是打算不理會面談通知書的。」

「但你卻變更了原先的打算。」

「因爲他拿著刀子，我很怕他。他並不相信我，還命令我不准外出，大概是怕我一出門就會去報警吧。後來我試著說明家庭裁判所叫我明天過去一趟，我若沒去面談的話，他們會起疑。」

「原來如此。」

「沒想到那個人居然要跟我一起去。他說：『我要監視你，免得你在家庭裁判所說了什麼多餘的話。』這也難怪啦，他竭力地想避風頭啊。」

「他就這樣裝成你父親，跟你一起來啊？」

「因爲警察正在追緝他，所以他戴上從我家找出來的舊眼鏡、剃掉鬍子，連頭髮也用我家的理髮推剪削短，還換了套衣服。只是他的體型比我父親還壯，所以我父親的衣服他穿不下。」志朗同學回想起這些事，不禁笑了出來。

「這就是他穿運動服的原因？」

「因爲他只穿得下那套衣服啊。對了，你還記得警方依那名女傭的證言所畫的肖像畫嗎？」

「好像有這麼回事……」我幾乎都快忘光了。

「那幅肖像畫一點都不像。那名女傭八成是因爲想引人注目而鬧過頭，導致記憶混亂了吧。」

的確，我還記得她那心神不寧的模樣。

「難怪第一次面談時你那麼安靜。」

「因爲他威脅我。他說要是我多嘴的話，就要我好看。我可是很愛惜自己的生命啊，所以當時不曉得什麼該說、什麼不該說，簡直緊張得要命。我還以爲回家後他一定會殺了我，不過因爲我沒回答問題，導致武藤先生你對我說要再安排第二次面談，當時我靈機一動：就是這個！」

「怎麼回事？」

「既然有第二次面談，那我當然得活著參加不可嘛。如果我沒出現的話，肯定會啓人疑竇，再加上武藤先生你說了『我會去你家找你』，因此我想那個人應該無法隨意對我下手了。」

我直盯著志朗同學，甚至忘了要回答。「當時的狀況眞這麼危急？」

「在武藤先生你不知道的地方，戲劇般多變的狀況可是不停地上演呢。」志朗同學說道。

「可是，之後狀況不一樣了。」

「你們淨會說這句話。」

「面談結束當天，回到我家後，我們互相瞭解了彼此。」

「你是指你跟那名搶匪嗎？」

「這都是多虧了武藤先生你拿給我的那本書。」

「那本書？」

「那個人原本懷疑你暗藏什麼訊息，回家後馬上拿起來看。不過在知道沒什麼暗號後，就很單純地對那本書產生興趣。過不多久，我也坐在旁邊一起看，還一起笑得很開心。」

「因爲那本書而瞭解彼此？」

「我的確是因此才開始覺得他並不是個壞人。隨後我們聊了不少事，我還問他爲什麼要當搶匪。」

「是不是因爲負債？」我想起他被那兩個看起來品性不良的小混混纏上的事。

「他其實是個很好的大叔，不過因爲四處借貸，最後籌不出錢來清償，才會鋌而走險。他就像是抽到一張倒楣的命運籤，連我都不禁同情起他來。」

我回想起那個穿著運動服的男人。或許他之前所走過的人生，就跟他身上那套深藍色運動服一樣暗淡。因爲不夠體面、脆弱，才會當起一名很笨拙的搶匪。

「武藤先生，你在生我的氣嗎？」

「不，該怎麼說呢，不曉得為什麼……」我啜飲一口紅茶，笑著說：「我覺得現在心情相當舒爽。」我可不是在逞強。雖然被志朗同學騙了，但我覺得這並不算是遭到背叛。硬要說有什麼不滿，那就是陣內說的「你會與這名搶匪面談」這個預言很偶然地成真，還有促使少年與搶匪互相瞭解的契機竟是陣內所給的那本文庫本。

「這本書送給你。」我將買來的另一本文庫本放在桌上。「這名作家與你父親同名同姓，這本書相當有趣。」

「嗯，的確是我父親的名字。」

「是跟你親生父親同名同姓喔。」我強調道。

志朗同學露齒一笑，宛如擁有共同秘密的地下組織同伴般輕輕點了點頭。

「如果覺得有趣的話，可以再去看其他作品。」此時我覺得我好像成了一名教育者，這樣的感覺偶爾有之也不錯。

最後我問了一個不可忘記的重要問題：「你父親付了多少贖金？」

「一千萬圓。」志朗同學回答道，隨後又低聲說：「不算多就是了。」

「那個人的欠債只要一千萬圓就能還清了嗎？」

「咦？」

「你爲了幫助那個人而假裝自己被綁架，促使你父親掏出錢來吧？」

「搞什麼啊……」志朗同學嘆了口足以吹動他劉海的氣息。「原來你知道啦？」

「我是在來的途中想到的。」

「雖然半年前那個人宛如逃命般從我面前消失，但在那之後我一直在思考，該怎麼做才能讓那個人復活。」

「復活？」

「嗯，復活。」

這個詞聽起來的感覺很不錯。既強韌、充滿希望，同時也包含了某種天眞的傻勁在內。復活，我重複念了一次，然後想起第二次與志朗同學面談時的情況。當時志朗同學說「廁所塗鴉篇」裡有他最喜歡的句子，他說：「我覺得這句話的意義是要有錢人將錢分給窮人。」

「你上演這齣綁架案就是爲了要平分財產嗎？」我不禁問道。

志朗同學很高興地點了點頭。「前不久，我去東京時碰巧遇見了那個人，那時他正在翻垃圾桶。」志朗同學的口氣完全不帶有同情或嘲諷的意味。

「我向他打招呼。他原本要轉身逃離，可是我跟他說了幾句話之後，他顯得很高興。接著我向他提起這個主意，就是武藤先生你所推論出來的那樣，但那個人反對我這麼做，是眞的喔。他非常排斥，不過我還是說服他了。我說我們家就算少了那麼點錢也無妨。」

「那個人現在在哪？」

「天曉得。他收下錢之後就失蹤了，我連他的名字都不知道耶。」志朗同學顯得有點不好意思。那是隱約可見少年氣息、高中生該有的表情。

離開前，我在玄關小聲問他：「你與你父母處的可好？」志朗同學以神情複雜地回答：「這個嘛……，其實並不算好。」

「這樣啊……」我回答時，下意識地想起了陣內。我突然很想知道一直輕視其父的陣內，最後到底用什麼方法解決這個問題。

正當我準備離開之際，志朗同學看著我說：「對了，那個人曾對我說：『要是我在更年輕時曾幹過什麼壞事就好了。』」

「這話什麼意思？」

「他大概是想如果在十幾歲時能夠遇見像你一樣的調查官，或許他就能成爲一個比較像樣的人吧。」他臉上浮現帶有玩笑意味的笑容。

我無法馬上回答，吞了口口水之後，我只答了一句：「這樣根本就是本末倒置嘛！」

16

之後還有一點點後續發展。在綁架案落幕半年後的某天早上八點，家庭裁判所中負責少年案件的調查官辦公室裡面還是一樣只有我及陣內兩個人。

我交了個年紀比我小的可愛女朋友，正笑咪咪地看著打算週末一起去的溫泉勝地簡介。陣內則是將雙腳蹺到桌上，跟往常一樣翻著報紙或是內容不詳的雜誌。

接著他好像突然想到似地，打開了放在他桌上的文件夾。

「對了，武藤，你看看這個。這是我昨天收到的案件紀錄。」

「喔……」說眞的，我現在腦子裡只想著旅館料理及溫泉功效而已。

我瞄了一眼，是一份少年案件的記載。那又如何？——這句話才剛要脫口而出之時，我突然注意到紀錄上貼的少年照片，那不是別人，正是志朗同學。

「他不是你之前負責調查的小子嗎？聽說他又順手牽羊了。哎呀，眞是恭喜你啊。」陣內很高興的樣子。「我記得他之前偷的是漫畫對吧，但多虧武藤調查官，他提升等級了。這次偷的是小說。」

我慌慌張張地確認案件紀錄裡所寫的遭竊物品。「啊……」他這次偷的是我推薦的那名與他父親同名同姓的作家的書。

他能喜歡上這名作家的書，我也感到很高興，但我抬頭望著天花板嘆道：「幹麼不自己花錢買啊！」

「眞是太可惜了！」陣內悠哉的聲音在辦公室內迴響。

孩子們

05

獵犬 *Retriever*

1

黃金時代指的絕不是我們身處的現代。

我邊看著不斷地斥責我們的主管，邊想著這句諺語。

不論是歷史上的哪一個黃金時代，當時人們都並未察覺其美好，直到後世才醒悟到「之前那個時代眞是好」。又或是說，這麼美好的時代只存在於尚未來臨的未來。

「預算充足，工作人員也訓練好了，那突來其來的故障是怎麼回事？」主管從剛剛就一直在大吼大叫。這是一場檢討銀行系統對應方案的會議，由於銀行才剛合併就發生系統故障，各家媒體都大篇幅地將此事報導出來。

當然，對應方案會議這個說法只是名目，實質上是主管歇斯底里地追究相關責任的單方面發洩大會。他講得口沫橫飛、聲調也愈拉愈高。

不管預算再怎麼充足、人材再怎麼多，只要開發期限過短就註定會失敗——我與其他工程師同事雖未將此話說出口，但是大家都覺得很不快。

我聽膩了主管互踢皮球的說詞，不禁回想起學生時代。

那時我常蹺課，是個空有虛名的女大學生。我並非是忙於「工作」這個區別人類與動物的最重要行為，只是渾渾噩噩地過著每日。

2

最先浮現在我腦中的是發生在車站附近的那件事。

當時我們坐在車站前天橋旁的長椅上。永瀨坐在我身旁，貝絲睡臥在他腳邊。卸下導盲鞍之後，貝絲臉上已不見導盲犬的使命感及責任感，只剩下拉布拉多犬原有的純真。牠悠然地將下巴擱在永瀨的鞋子上。

永瀨開始與貝絲同住的時候差不多跟我認識他的時間點一致。但若嚴格說來，貝絲比我早了幾週。也許牠便是因此而將我當成經驗不足的學妹。永瀨摸了摸她的頭，貝絲張開一隻眼睛往上瞄了我一眼。我感覺到她散發出的優越感，這應該不是被害妄想症作祟。她那身漆黑亮麗的皮毛，看起來相當高雅。

從仙台車站西口出來的地面上是車輛繞行的圓環及公車站，若從二樓出來則是大型的天橋。我們坐在離車站二樓出口約二十公尺處。這裡擺著不少盆栽，是個小廣場。再往前走一段距離，天橋就如橫向擴張的螞蟻窩，分出好幾條支道。

廣場上設有幾張長椅，行人來來往往。七夕時會在這裡舉辦活動，冬天則有大學的男子啦啦隊在此幫參加聯考的高中生加油。

我們坐在長椅上，正好面對仙台車站。

「他怎麼還沒回來呢？」永瀨有點擔心地說。他的朋友陣內在聊天後說要去買個果汁，卻遲遲未歸。

「他會不會偷偷躲起來哭？」話一出口，連我自己也覺得實在沒什麼說服力。

「陣內他並不是那種人。」

「你是說他不會灰心喪志嘍？」

「我認爲……」他雖然生來就失明，但偶爾會宛如看得見周遭風景似地轉頭。「人類這種生物會靠著自己的拿手絕活，幫助自己從打擊當中重新站起來。」

「什麼意思？」

「心情不好的田徑選手還是會選擇跑步、歌手會選擇唱歌，每個人應該都是這樣重新振作起來的吧。」

「那陣內呢？」

「不是彈吉他，就是不斷說些蠢話吧。」

這兩者的確都是陣內擅長的。

「話雖如此，也不至於連續講兩個小時吧……」我看了看手表，整個人傻住了。

「剛剛聊了那麼久嗎？」連永瀨也感到吃驚。

「還眞虧他有那麼多話題能說。」我嘆了口氣。

「他果然很沮喪，說的話比平常還多，他可能打算藉這樣的復健方式儘早恢復精神吧。」

「總覺得坐在車站前的長椅上，被迫陪著他復健的我們才是被害者呢。」

「哎呀，優子妳跟我還有貝絲都很閒嘛。」

「可是，連在那邊的女孩子們都不幸受到波及，被陣內念了一頓耶。」我豎起大姆指指向背後。

大概在三十分鐘前，幾個高中女生聚集在長椅附近，她們一邊玩著一台好似剛買來的DV，一邊興高采烈地說：「不曉得那傢伙會不會來？」、「他一定會來啦。」大概是想跟暗戀的別校男生或是同班的男朋友一起錄影吧。年輕眞好，我很羨慕她們，但陣內不然。

「吵死人了，妳們怎麼沒去學校？不曉得這裡是什麼地方嗎？」他衝上前去開罵。

高中女生們被他突如其來又無理至極的責罵搞得火冒三丈，便不愉快地反駁。「你這個怪老頭囂張什麼啊？有哪條法律規定不能在車站前面聊天嗎？」

才二十二歲的陣內被叫成老頭之後愈加火大，嗓門也變得更大。「當然有，笨蛋！要不然妳們去叫律師來問問看啊！」

說到爭辯，陣內絕不會輸給任何人。最後他以「像妳們這種傲慢的女高中生，就是會拿ＤＶ去犯罪」這句聽起來簡直是找碴的話，讓她們無話可回。

高中女生們像是要擺脫變態似地，移動到了遠一點的地方。

「你根本就是強辯嘛！」我苦笑道。「虧你還說你想成爲一名家裁調查官。」

陣內前陣子才剛從大學畢業，目前正爲了考取家庭裁判所的調查官資格而用功Ｋ書。

「照妳說的，調查官的工作要面對犯下刑案的未成年人吧？」

爲看不見的永瀨提供各種情報可說是我的工作，我也不否認這讓我對無法辦到此事的貝絲抱有些許的自負感。朋友們都嘲笑我：「妳幹麼跟狗計較？」這只能說他們的眼光太短淺了。如果我的情敵同樣是人，那我肯定會相當從容。

「我並不認爲陣內他救得了那些少年。」

「不，我倒認爲他會相當活躍喔。他一定可以勝任家庭裁判所的工作。」永瀨預言道。「他今天只是有點焦躁不安罷了。」

「因爲他正在復健當中？」

「嗯，他正在進行失戀的復健。」

陣內在數小時前遭到失戀的打擊。他向一名在車站內的錄影帶出租店工作，燙著大波浪捲髮的女孩子告白，結果被拒絕了。而且是乾脆到令人嘆爲觀止的拒絕。

我們當時就在現場，應該說是被半強迫地待在現場。

陣內主動找我們出來。「我要去向女孩子告白，你們陪我走一趟吧？」他的口氣聽起來就像是運動選手邀請朋友前往觀賞自己的比賽一樣。

由於事出突然，我與永瀨沒能立刻搭腔。

而陣內卻繼續慫恿地說：「不對，應該說你們要來見習一下才對。反正你們倆從沒告白過吧？那更應該跟我來，機會難得耶。」

我開始懷疑這串冗長的蠢話可能是他故意說的，好讓我們難以分辨眞假。不然就是因爲陣內減少了彈吉他的時間以增加K書時間，因此壓力無處宣洩，精神出了問題。

「你要告白的對象是？」過了一會兒，永瀨才開口問出這個問題。

「錄影帶出租店的店員。」

「你認識她嗎？」

「當然認識，我每週都會去租錄影帶啊。」

「你跟她聊過天嗎？」我也開始感到不安。

「聊得可多了！」陣內的表情很認眞，還用手指比了個OK的手勢。「當她問：『請問何時還片？』我就回答：『明天。』她若問：『要不要乾脆借一週呢？』我就會回答：『那麻煩妳了。』我們的感情好到我說『通』，她就會回答『過』。對話順暢得很咧！」

我們驚訝到無話可說。

我盯著陣內，他的表情相當認眞。

「我覺得……那樣子好像稱不上是對話喔。」爲了不傷害到朋友，永瀨溫柔地說道。

「沒問題啦。」

「你還眞有自信呢。」

「當然啦，我這次單戀絕對會成功。」

「我的大學教授曾說過，這世上沒有任何事可以用『絕對』這個詞來斷定。」

我先試著以智者的言語來說服他。

「要是世上眞沒有半件事能說是『絕對的』，那活著還有什麼意義？」

「原來如此。」我與永瀨都被他的氣勢壓過。

「所以……」陣內用力點了點頭說：「這次絕對能順利成功。」

對於他那毫無根據的斷定，我與永瀨與其說是受不了他的自言而愣住，倒不如說是深受感動。由於太過感動，我們毫不反抗，也忘了提出質疑、忘了原本想要設法打消他的念頭，就這麼跟著他走到錄影帶出租店前。

途中，永瀨對陣內說：「與其約我們，你倒不如約鴨居還比較好一點……」

的確，照優先順序而言，他應該先約鴨居才對。

「那傢伙不行啦。」陣內似乎不太想談這個話題，所以答得很快。

「爲什麼？」我故意問。我猜鴨居大概是馬上回絕他的邀請吧。

「他說沒興趣，就掛我電話。眞是個過分的傢伙，對吧？」陣內咬牙切齒地說道。「我再打一次電話，他竟然說：『我已經拒絕過一次，你還來找我，這樣算違反法律喔。』好像我是個沒良心的推銷商似的！」

難怪他找我們的時候並非打電話，而是直接跑到我們家來。

我們站在錄影帶出租店對面的人行道上，看著店內的情形。裝上導盲鞍的貝絲乖乖地蹲在永瀨身旁，毫不關心地低著頭。

「像我們這樣的人，是否就叫做湊熱鬧的呢？」陣內說要去告白，待他跑進店裡之後，永瀨對我說。

「所謂的湊熱鬧，指的是主動前往的那種人。像我們這樣硬是被逼來的應該不算。」我右手拿著一台立可拍相機。這是陣內拿給我，要我幫他拍下紀念性的一刻的。他就是會在這些小地方特別用心。

「從這兒看得到陣內打算告白的對象嗎？」

「大致還看得出模樣。」中間隔著一條馬路，再加上店頭的玻璃窗阻隔視線，看不太清楚。

「是個怎麼樣的女孩呢？」

「感覺蠻可愛的，身高大概……到你的肩膀這邊吧。短髮很適合她，而且她還燙了大波浪。」

「陣內喜歡那種可愛型的女孩子嗎？」

「我覺得男生都會喜歡可愛的女孩子吧。」

「原來如此，是這樣子啊。」

「現在收銀檯旁的客人走掉了，陣內要找她說話嘍。」我開始現場轉播。

我有點不情願地拿起相機，拍下陣內隔著收銀檯與那個女孩面對面的照片。但是距離有點遠，我不太有自信能夠拍得很清楚。

然後我們能做的只有站在對街等陣內出來，於是我們聊起昨天看的那部電影。

永瀨很喜歡看電影。他大致上都在家裡「聽」錄影帶，偶爾也會帶著貝絲去電影院。就算看不到畫面，他也能藉著聽台詞與音樂而樂在其中。「我的父母爲了讓我這個看不見的孩子擁有賴以爲生的本領，從我小時候起就特別熱心地教我學英文。」永瀨曾有點自嘲地對我提過這件事。「但現在只有在對貝絲下命令，或是看電影時才會派得上用場……」

總之，根據電影種類的不同，有時反而是他比我還瞭解劇情。永瀨說起一部剛看過的驚悚片，一再地向我確認劇情細節，隨後聊到警察監視著收取贖金地點的場面時，他感觸良多地說：「那種緊張感眞的很棒。」隨後又笑著說：「現在的我們，感覺上就跟電影中包圍著現場，等著綁匪現身的警察一樣。」

永瀨接著問道：「陣內可能成功嗎？」

「我實在看不清楚女方的表情……」

「我反而緊張起來了。」

過了大概五分鐘，陣內從自動門內走了出來。他恣意橫越馬路，朝著我們這裡走來。永瀨好似察覺到腳步聲，手肘頂了我一下。「陣內現在的表情如何？」

「他歪著頭。」

「看樣子是失敗了。」

陣內的確是被拒絕了。不過他看起來並不難過，而只是不太能接受這個結果罷了。

「怪了，到底是哪裡不對呢？」他打從心底覺得不可思議，還說出「最令我難過的是無法回應你們的期待」這種像是落選政客才會說的話。

「一定是因爲太過突然啦。」永瀨安慰他。「就是這樣。」

毫無根據地自認爲一定可以告白成功的陣內，一臉青春期男孩的模樣，不停地重複說：「奇怪，眞是奇怪……，不應該會失敗才對啊。」

我們忍住笑意。不料陣內突然轉向那間錄影帶出租店，正當我想猜他要做什麼之時，他把雙手圍在嘴前做成喇叭狀，大聲地喊：「這種爛店，倒掉算了啦！」

我們坐在長椅上再等了一會兒，陣內終於回來了，當然也帶回了給我們的果汁。

他一邊說是什麼果汁，一邊遞給我們。

永瀨問：「你到底跑去哪裡買果汁啊？」但陣內並未回答，而是聲音高亢地說：「太驚人了！」

「什麼事驚人？」永瀨轉頭望著陣內，他是憑聲音來判斷陣內站在哪裡。

「柯波帝的小說中有這麼一段話……」陣內非常興奮。

「柯波帝……，你是指楚門嗎？」我說道。

「沒錯，就是楚門．柯波帝（註）。他的小說當中有這麼一段話：『在世上一切事物當中最令人感傷的，就是不管個人如何，世界依然不停轉動。如果某人與情人分手，世界應當爲了他而暫停。』」

「嗯，我可以理解呢。」永瀨深表同意。

「這種狀況眞的發生了喔。」

我與永瀨同時「咦」了一聲。「什麼發生了？」

「這附近的時間爲了失戀的我而暫停了。」

「我說陣內啊……」永瀨擔心地叫住陣內。

註：楚門．柯波帝（Truman Capote, 1924-2984），美國同性戀作家，爲著名電影《第凡內早餐》（*Breakfast at Tiffany's*, 1961）的原創者。《冷血》（*In Cold Blood*, 1965）首創非虛構性（Non-Fiction）的小說寫作方式，影響了近代小說發展。

可是陣內卻搶先一步，像是想以拔高的語調說服我們似地說：「我認爲這附近的世界爲了我停下來了。」

我根本聽不懂他在說什麼。我們被他這番話嚇得說不出話來，躺在我們腳邊的貝絲則像是在對陣內說「你別傻了好不好」似地抬起頭來打了個呵欠。

3

「這……這是怎麼回事？」我開始擔心，難道失戀會使人發瘋？

雖然隨口說出毫無根據的玩笑話是陣內的特長，但感覺上他好像已經超過了原有的界限。

「我說，世界已經停止運轉了。」他口氣平淡地說著一樣的話。

「時間並沒有暫停喔。」永瀨臉上浮現了帶有些許困惑的微笑。「我剛聽優子說，我們三個已經在這裡待了兩個小時了呢。」

「是啊。」

「那就表示時間沒有停止啊。」

「告訴你們，在我去買果汁到回來之間，我發現了一件事。」

「很驚人的事？」

「非常驚人！就像永瀨說的，我們已經坐在這裡過了整整兩個小時。你們說說看，會有人無聊到在這種什麼都沒有的長椅上坐兩個小時，一動也不動嗎？」

「的確不會……」永瀨不禁失笑。「我們大概腦袋有問題。」

「對吧！」陣內一臉得意。「一般人才不會在這種既沒屋頂、桌子，又沒有咖啡及音樂，頂多只能吹風曬太陽的長椅上坐上兩個小時。」

「我很高興你總算察覺到了。我們今天可是因爲陪你聊天才會在這裡坐那麼久，不然才不會這樣、也不可能這樣做。」

「不過這樣的人好像不止我們而已喔。」

「不止我們？」我皺起眉頭。

陣內誇張地豎起手指頭，看著我們說：「自從我們坐在這裡之後，這附近的人就沒變過嘍。」

「噢……」我漫不經心地回應。我聽不懂啦。

「聽好嘍，在我們坐在這裡之前，那些人已經待在這附近了。換言之，他們已在這裡待了兩小時以上了。」

我轉頭觀望四周。

「先說那邊那張長椅上的人好了。」陣內抬了抬下巴指向大約二十公尺遠的地方。向永瀨說明位置之後，陣內說：「那邊坐著一對男女，大概都是三十幾歲吧。」

「是夫婦嗎？」我也看到那對男女了。

「仔細一看會發現男方戴了婚戒，女方卻沒有。」

「你視力這麼好？」陣內嚇了我一跳。

「我去買果汁時從他們身旁經過，剛好瞄到罷了。妳不覺得只有女方沒戴婚戒是很少見的狀況嗎？」

「沒這回事。如果女方也是上班族，說不定會覺得婚戒有點礙手；或是因爲變胖，手指載戒指很難受呢。」我反駁道。

「總之不管如何，那兩人早就坐在那裡了，表示他們已經在此待了超過兩個小時。」

「一對感情很好的夫婦坐在長椅上悠閒地渡過這一天，你不覺得很感人嗎？」永瀨說道。

「他們的感情看起來似乎沒那麼好。」陣內武斷地說道。

我若無其事地看那對男女一眼，注意到他們看起來的確不太高興。「說不定他們在商量離婚。」

「哦，原來如此。」永瀨面露微笑。「那想必是在互相指責對方缺點，所以兩個小時一下子就過去了吧。」

「算了……」陣內接著說。「再來看右邊那張長椅。有個抱著公事包，一臉不高興的老頭坐在那邊對吧？看起來像是個正要前往拜訪客戶的公司老闆。」

確實有個臭著一張臉的老頭坐在那邊。

「即便是爲了替祖國報仇的密探也不會擺出那種表情吧。」

「你說那個大叔也一直坐在那邊？」

「沒錯。眞不曉得他到底有什麼不滿。因爲他一直很生氣地瞪大眼睛，我才會有點在意。」

「一直瞪大眼睛？」

「他的眼神簡直就是在說『不管在這附近的是什麼人，我都不會原諒他們』。」

「不可原諒？」我喃喃道。

「接下來看那對男女的前方，是不是有個大約二十幾歲，戴著耳機聽隨身聽的男子靠在車站樓梯的扶手旁？」

是有個身穿薄毛衣、戴著大型耳機的男子站在那邊。他所戴的耳機尺寸，大到不管他的隨身聽音量調多大，音樂聲也絕不會外洩。

「他一直站在那邊？」

「嗯。」陣內很有自信地說道。

「站了兩個小時以上？」永瀨問道。

「很驚人吧！」

永瀨稍加思考後說：「他大概在聽非常喜歡的曲子吧？」

「這也太奇怪了啦。」陣內笑道。「一般CD的長度又不到兩小時。」

「我覺得此事雖然有點奇怪，倒也沒什麼好吃驚的。」

「我有同感。」人偶爾就是會重複聽同一片CD啊。

「還有一個人，她是決定性的關鍵人物。」陣內開始描述那個坐在花圃旁的女子。「她一直在看一本文庫本。」

那是一名看來很能幹的上班族女性。她戴著眼鏡，腰桿挺得很直。

「說不定她是在等男朋友。」

「一等就等了兩個小時？」陣內皺眉說道。

「那名女子也一直坐在那邊嗎？」

「剛剛我所提到的這些人，全都在這個廣場待了兩小時以上。」陣內擅自幫他們各取名爲不愉快情侶檔、公事包男、耳機男、看書女。「他們連動也沒動過。而且我剛剛回來這裡時，恰巧從那個看書女身邊經過，才發現一個重大事實。」

「什麼事實？」我想他大概又要說出會造成我們頭腦錯亂的話語了吧。

「她根本就沒在看手中那本書。」

「沒在看？」

「雖然我只是匆匆一瞥，但那本書還停留在開頭沒幾頁的地方。這樣懂了嗎？」

「不懂。」我有點不滿地搖搖頭。要我懂什麼啊？

「不管一個人看書再怎麼仔細，即便是細細咀嚼字裡行間意義的人，也不可能兩個小時只看了幾頁而已吧。」陣內清了清喉嚨說道。

「說不定她只是剛拿出來看啊。」

「自從我們來到這裡，那本書就已經打開了。」

「陣內，你連這點小事都觀察得這麼入微啊？」

「我對世界上所有的事情都很感興趣嘛。」我還真不曉得他這句話到底是比喻還是真心話。

嗯……，我皺起眉頭開始想像，也覺得有點奇怪。就算看書速度再怎麼慢，在兩個小時之內只看了幾頁，確實嫌太少了點。但也並非不可能。

「很奇怪吧？」

「這個嘛……」永瀨緩緩開口道。「說不定她只是翻回第一頁罷了。我在讀點字書的時候，偶爾也會因爲一時忘記而翻回前面幾頁重讀啊。」

嗯，我也認爲這個可能性蠻高的。

「不，才沒這回事。」陣內加強語氣。

「沒……沒這回事？」永瀨又被他的氣勢壓倒了。

「一定是這附近的世界停止轉動了。在場的人不變，沒人離開過。公事包男及不愉快情侶檔動也不動、看書女沒有翻動手上的書、耳機男的音樂一直聽不完，爲什麼？因爲世界停止轉動了啊！可是，世界爲什麼停止轉動呢？」

「老師，我不懂。」我整個人愣住了。

「是因爲你失戀的關係嗎？」永瀨有點試探性地問道。

「沒錯，永瀨。你眞是太聰明了。」

「我有生以來，從未像現在一樣如此希望雙眼看得見啊。」永瀨露出困惑的神情說：「我眞想看看陣內你是用什麼樣的表情說出這句話呢。」

4

回想至此，陣內好像只是個奇怪且沒有常識的人。

這樣的觀點並非全然錯誤，但也只能說是陣內的其中一面。

我還有另一個跟他有關且令人印象深刻的回憶。事情發生在我們剛認識不久之時。

有一天，我們約在車站前的公車總站見面。

永瀨早就到了，他牽著貝絲站在離人群有段距離的地方。

我正想走近他，沒想到有一名矮小的婦人搶先靠近永瀨。婦人對戴著太陽眼鏡的永瀨說了幾句悄悄話，隨後把某個東西塞進永瀨的手中，便離開了。

「剛剛那位大嬸對你說了什麼？」我有點在意，走近永瀨之後就問他。雖然我大概猜得到她做了些什麼……

永瀨面帶微笑，拿起那名大嬸遞給他的五千圓大鈔給我看。我就知道。

「又來啦？」

「是啊，又來啦。」

素未謀面之人帶著悲憫的神情靠近永瀨，遞錢給他，並說：「什麼都不用問，只管拿去用。」在我認識永瀨之後，這種事還是發生過好幾次。

「看樣子不管我走到哪，都會被人誤以爲是在募款呢。」永瀨早已習慣，畢竟從小就失去視力的他，至今不知已碰過幾次這樣的狀況了吧。他本人總是苦笑著說：「我是這方面的老手嘍。」

「他們都是好心人，你這樣抱怨就不對了。」

「我知道。」

話雖如此，但我總是替他感到難過。

究竟該感到憤慨、悲哀或是感謝？這根本無從判斷。再者，是該將他人遞過來的錢還回去、丟掉或是收下才好呢？當然啦，拿錢給永瀨的大嬸絕不是個壞人。無疑地她只是在街上看到一名牽著導盲犬的青年，覺得應該設法幫助他罷了。

跟那些在公車上一直瞪著永瀨，又故意咂嘴的老頭，以及踩到貝絲的尾巴卻連一聲道歉都沒有的上班族女性比起來，那名大嬸反而無害，甚至應該將她視爲必須感謝的人。

不過，我還是無法如此簡單地切換心情。所以每當看到他人過度同情永瀨時，我的心情就會很鬱悶。

但那天的狀況不太一樣，因爲陣內在場。

他剛好出現在公車總站，好像聽到了我與永瀨的部份對話，就噘起嘴問：「喂，永瀨！你手上那五千圓是怎麼回事？」

「這是某位大嬸給我的錢。」

「開什麼玩笑啊！」陣內大聲叫道。

「沒關係啦，她沒有惡意嘛。」永瀨以包庇那名大嬸的語氣說道。

我原以爲陣內也是對那名大嬸「硬是釋出善意」的行爲感到生氣，但並不然。陣內回了一句「哪來的沒關係」之後，繼續說：「爲什麼只給你錢啊？」

「啥？」我以爲他是在開玩笑。

「這……」永瀨也突然結巴起來。

「爲什麼她只給你錢，卻不給我啊？」

「大概是因爲我牽著導盲犬吧，畢竟我看不到嘛。」

「什麼？」陣內啞口無言。他看起來並不像是在裝蒜，而是眞的打從心底感到驚訝。「這跟你看不看得見，一點關係都沒有吧！」

「咦？」我愣住了。

「這一點關係都沒有！眞的太詐了啦！」陣內大叫。

至今我仍記得當時陣內所說的「一點關係都沒有」，聽起來眞的很舒服。當時永瀨也笑了出來。

「喂，你笑什麼笑啊？不要以爲只有你收得到這種錢，就得意忘形起來了喔！」

「我沒有啊。」

「我無法接受！爲什麼只有你能拿到五千圓？這樣太奇怪了吧？」

「的確是蠻奇怪的。」

「爲什麼只有你得到這種特別待遇？」陣內說完之後，開始環顧四周。「那個大嬸跑哪去了？」他拚命地要找出那名婦人。

他那認眞尋找的樣子實在太過好笑，害我不得不咬著嘴唇，儘可能忍住笑意。

過了一會兒，陣內大概是找膩了，遂轉眼看向永瀨手中那張大鈔，以帶著恨意的口氣呢喃：「好好喔，你眞是幸運。」

「嗯，我大概蠻幸運的吧。」

之後，永瀨曾感慨萬千地說：「當時的陣內，眞的好平常。」

我也這麼認爲，一般人要能夠表現得那麼「平常」，眞的是難上加難。

陣內所說的「一點關係都沒有」，瞬間將當時簡直像烏雲罩頂的煩惱全部吹跑了。我相當佩服地說：「雖然我無法好好形容，但陣內眞是不簡單啊。」

「或許陣內早就跨越存在這世上的所有困擾與麻煩了。」

「感覺上他是在未經任何人許可之前，就擅自飛越過去了呢。」

雖不知與此事是否相關，但永瀨倒是很期待陣內能夠成爲家裁調查官。他說：「我相信陣內一定能幫助許多青少年。」

不過說眞的，我個人對陣內是否能勝任那樣的工作抱持著非常懷疑的態度。「拜託，他上次去打工時，還曾出手打過人耶。」大約在一年前，確實曾發生過。

永瀨說：「那件事我也蠻驚訝的。可是啊，我相信他那樣做必定有緣故。」

「你是指他突然出手打人的事嗎？」

「嗯，我相信其中必有原因。」永瀨微笑道。

我可不相信。

5

「就因為世界停止轉動……」陣內還在說。「所以就連那邊那些鴿子也沒有變過，一直是原本那幾隻。」他指向公車總站的告示板附近說道。

有五、六隻鴿子群聚在那兒，牠們的顏色就跟深色陶器一樣。

「你怎麼可能知道現在在那邊的鴿子，跟數小時前的鴿子是同一群呢？」

「我就是知道。」陣內斷言道。

永瀨歪著頭問我：「優子，那些鴿子每隻都長得不一樣嗎？」

「我想每一隻之間會有些許的差別，但在我們看來全部一樣。根本就分不出來啊。」

「我說不同就是不同。」陣內大剌剌地說道。「妳到底在看哪裡啊？這樣對鴿子們太沒禮貌了喔。不管是誰，都不喜歡聽到別人說他很像某人，對吧？」

我聳聳肩，真要瞎掰的話，陣內肯定天下無敵。

「不過，鴿子有可能在同一個地方待上兩個小時不走嗎？」永瀨這句話最中肯。

「沒錯沒錯。」

「你們很吵耶。」陣內皺起眉頭，並改變話題。「那些鴿子怎麼樣都沒關係啦。」

「你認爲鴿子不重要了是吧？」我試圖諷刺他，但他卻毫不在意。

「總之，事實就是那些人從未動過。錯不了，世界肯定暫停轉動了。」

「爲了你嗎？」

「是的，就是爲了我。」看來他很高興能夠得到這種特別待遇。

「但是我覺得他們應該有什麼理由，才會一直待在這裡吧。」永瀨以有點抱歉地口氣說道。

「什麼理由？」

「嗯，世界可能因爲你的失戀，而謙虛地停止轉動了吧。但是……」

「不是可能，要說一定是這樣。」

「嗯，不過也可能有其他的理由啊。」永瀨像是在教導一名頑固學生似地說道。

「例如？」我催促永瀨開口。

「例如那名在看書的女子，說不定她已經在看第二集了。陣內當初看到她時，她看的是一本書，但現在看的則是另一本。所以才會出現明明坐了兩小時，她的進度卻還在前面的狀況。」

「嗯，這的確有可能。她帶著上下兩集，剛剛才拿起下集開始看。陣內你並不是持續一直在觀察她吧？」

我也覺得這是比較符合現實的想法，並以誇張的態度逼問陣內。

陣內瞬間露出了不悅的神情，丟下「好，我去確認一下」這句話之後，隨即轉身。

當我驚訝地「咦」了一聲時，他已大步走了出去。

「陣內要去哪？」永瀨一邊注意聽腳步聲，一邊抬頭問我。

「他要去找那名看書女。」

「他該不會是想去問她『請問世界是否停止轉動了』吧？」

「就因爲他有可能這樣問，我才覺得可怕啊。」我眞的蠻害怕的。

我側著頭，看見陣內正在跟那名看書女說話。「那名女子一臉訝異。」

「眞的不打緊嗎？」

他們的談話並未花太多時間，當陣內回到我們身邊時，他的腳步看起來似乎特別輕快。他劈頭就說：「我就說嘛，她並沒有帶其他文庫本出門。」

「你是怎麼問她的？」

「我說我是書店工會的工讀生，請她協助一項問卷調查。」

「眞的有書店工會這玩意嗎？」

「每種行業都有工會，即便是以撲滅工會爲目的的團體也還是有工會。我剛剛問她隨身帶了幾本書？她回答只有一本文庫本。而且她還說自從來到這裡之後，她就一直在看那本書。這句話非常重要。我剛剛瞄了一下，她看不到十頁耶。那本書並不難，是很常見的戀愛小說，空白處比文字還多。換句話說，她或許很拚命地在看，但是一點進度都沒有。」

我再次望向那名看書女。「她在看我們耶。她好像對我們起了疑心，因爲再怎麼看陣內，都不像是個在做問卷調查的工讀生啊。」況且也沒有連紙筆都不帶，只靠口頭詢問進行的問卷調查。

「隨她去懷疑吧。」陣內毫不在意。「總之，重點是你們的推理並不符合實際狀況啦。」他又高興地搖頭晃腦起來。

「嗯，你說的沒錯。」永瀨點頭表示同意。「一點進度都沒有，確實很奇怪。」

「你幹麼同意他的說法啊。」我像遭到背叛似地向永瀨抱怨。

「妳仔細想想，一對不愉快地面對面的男女，一名聽著隨身聽的年輕人，一名抱著公事包、臉帶憂鬱的男子，再加上一名看書速度特別慢的女子。這些人在這個地方動也不動，除了奇妙之外，我再也找不到更加適合的形容詞了。」

「此外還有鴿子呢。」永瀨笑道。

「沒錯，鴿子也都沒飛走。」

「眞的這麼奇妙嗎？」我燃起了些許的對抗心理。

「要是這種狀況不奇妙，那全世界的字典應該把『奇妙』這個詞拿掉才對。」

「那我就一一說明他們的狀況給你聽。」我的口氣帶有挑戰的意味。「首先是那對男女，就如剛剛所說，他們一定是在談分手。說不定他們不是夫婦。如果如陣內所言，只有男性戴婚戒，那他們肯定是搞外遇。外遇一定會談分手，對吧？談分手時，兩個小時一定一下子就過去了，所以這沒什麼奇妙的。再來……，那個公事包男，他大概是上午在公司被上司拍過肩膀吧。」

「被拍肩膀？」永瀨問道。

「『辛苦啦，你明天不用來上班了。』也就是被炒魷魚了。」我拍了拍永瀨的右肩。「意思就是公司認爲他沒有用了。他當然覺得很沮喪，但又不能跑回家跟家人哭訴，只好無計可施地坐在那邊發呆。怎麼樣？束手無策發呆之時，就不會去管時間到底過多久了吧？」

「哦……」陣內雙手叉在胸前，興味十足地沉吟著。

「上述都是我隨口說說罷了。」

「不，妳的推理很可能是正確的喔。」不曉得爲什麼，陣內對我的意見大表贊同。說也奇怪，被陣內這麼一認同，我反而對自己的推理失去自信。

「陣內，看你一副樂在其中的樣子，你好像特別喜歡靠這種毫無根據的推論來解釋這世上所發生的事呢。」

「如此說來……」陣內整理過思路後，點頭說：「其餘那兩人或許互相認識喔。」

「其餘那兩人？」

「就是耳機男及讀書女啊。仔細一看，他們兩人的位置恰巧呈一條對角線呢。而且他們年齡又蠻相近的，他們一定是約好要見面吧。」

「若眞是如此，何必離那麼遠？幹麼不快點打招呼呢？」

「這是他們第一次見面嘛。可能是透過電話交友認識的，也可能是在不知彼此眞面目的情形下持續來往著，例如寫信或打電話，類似的方法多得很。而今天他們終於決定要見面，地點約在站前，只是其中一方搞錯了約定地點，所以才會沒見到面。」

「好像一切都在你的預料之中呢。」

「不，說不定他們是故意待在離約定地點較遠之處觀察對方，以便在正式見面之前能先就相貌判斷其爲人。原來如此，這樣一來，看書女的閱讀進度就解釋得通了。她只是假裝在看書，光是等待對方來到就夠她擔心了，書當然看不下去啊。我的猜測絕對沒錯！」

眞是好笑，陣內根本沒有從他之前說「絕對會成功」的單戀告白失敗一事學到教訓。若換個說法，他實在很勇敢。

「意思就是他們互相牽制，就這麼過了兩個小時？」

「看書也就算了，但有人會在跟人約好要見面之時，還聽著隨身聽嗎？這樣不是會聽不到對方叫他的聲音嗎？」

「那是僞裝啦。」

我實在無法說服自己相信陣內的推論，於是我再次掃視周遭。

他們的確沒有移動的意思，但也不會讓人覺得他們很奇怪。能夠說出「世界停止運轉」這句話，陣內也實在夠了不起了，連我都不禁對他感到尊敬。

6

「所以啦……」陣內大聲說道。「永瀨，你去找那個大叔，向他確認一下吧。」

「啊？」

永瀨總是保持平靜。強加鎮靜、不安、慌張、驚訝，搞不好連感動等情感表現都與他無緣。所以被陣內這句話嚇得發出驚訝聲的他，實在很少見，讓我覺得自己好像賺到了一樣。

「咱們就一個一個來查吧。」陣內拍了拍手。「首先從公事包男查起，你去問一下，看他在那裡一坐就是好幾個小時的理由到底爲何。先解決這個問題再說。」

哪來的解決？問題明明就不存在，陣內卻幹勁十足地說：「咱們來搞清楚理由爲何吧！」

「說不定本來就沒有理由啊。」我開始認眞起來。

「只要能確認就好。」

「就算眞有理由，說不定就像我剛剛所說，是遭到公司裁員、或是在工作上犯錯之類的原因呢。」

「所以我說，只要能確認就好啦。」陣內大大方方地說道。

「意思就是……，我要走到那名男性身邊？」

「嗯，你去坐在他身邊，跟他聊聊。」

「這種事你自己去做不就得了？幹麼還特地麻煩看不見的永瀨咧？」

「幹麼這樣說？」陣內瞪大眼睛看著我。「大家一起進行比較好玩嘛！」

「我該問什麼問題好？」

「你就這樣講：『在這裡坐這麼久，一定是公司說不需要你了，對吧？』……」

這樣講也太露骨了吧！

「然後如果眞被你說中了，那他一定會說『你怎麼知道？』然後抱著你大哭。」

「呃……，我因爲看不見，所以不太瞭解這個社會的事，但是一般人聽到這種話應該會很生氣吧？」永瀨有點困擾地小心翼翼地詢問。

「沒問題啦。」陣內說道。「絕對沒問題的啦。」

「你每說一次『絕對』，這個詞的價値就下跌一次。」

「你說什麼？」

「沒有，總之，我只要去刺探一下他到底在這裡做什麼就好了吧？」

永瀨站了起來，拿起放在身旁的導盲鞍，叫貝絲過來。他用手確認貝絲的位置之後，將導盲鞍裝在牠身上。

原本一派輕鬆、下巴貼在地上的貝絲，在裝上導盲鞍之後，突然露出了充滿使命感的神情。牠擺出很端正的姿態，待在永瀨身邊不動，而牠那身漆黑的皮毛也顯得特別明亮、有活力。

「你眞的要過去嗎？」我不自覺地脫口說道。「你用不著去做這種無意義的蠢事啊。」

永瀨看了我一下，他的舉動總是那麼自然，宛如他其實是看得見周遭景物一樣。他那鼻梁高挺、雙頰微瘦的臉孔，著實很有魅力。雖稱不上是美男子，但他臉孔的輪廓、五官的位置都相當端正，可說是一張聰明的臉孔。

就在我差點看他看到入迷之時，他說：「因爲感覺還蠻有趣的啊。」

我一瞬間啞口無言，隔了一吐息之後，我才回答：「說的也是。」原來是這樣啊。我察覺到，原來永瀨他希望自己也能參加這場「無意義的愚蠢遊戲」。我很受不了自己居然沒察覺到此事，說不定因爲他看不到而企圖給他特別待遇的人，正是我自己。

永瀨一下達「Sit」這個指令，貝絲隨即原地坐下。導盲犬的驕傲完全浮現，牠以輕視又遊刃有餘的目光看著我，好像在對我示威：「麻煩妳長進一點，這樣才能成爲他的依靠嘛！不過，妳大概辦不到吧。」剎時，在我腦海中浮現了一個念頭：永瀨下達指令時，我乾脆也跟著蹲下好了。

永瀨正對著公事包男坐的那張長椅。很幸運地，從這裡到車站入口都鋪設著導盲磚，永瀨應能不費力氣地抵達目的地。

陣內向永瀨說明該走的路線。他的說明相當詳細、清楚。從這裡到那張長椅的距離、路上行人的狀況、公事包男所坐的位置，甚至連地上哪裡有垃圾，他都說明得一清二楚。最後陣內說：「你若在問完之後又走回這裡，八成會引起他的懷疑，我們先到車站入口那邊等你。」

「我出發了。」我覺得永瀨此話不光只是說他要從某個地點移動到另一個地點而已，同時還包含著他要去取得一項重要寶物的氣魄。

永瀨的腳步還是一樣流暢，他走在導盲磚步道上，並靈巧地驅使貝絲前進，一路朝中年男子走去。這一連串的移動，流暢到在周遭的行人眼中，可能只看見一名文靜清秀的青年牽著一隻黑色拉布拉多犬在散步而已。

我與陣內並肩站著，看著永瀨走過去。

貝絲在長椅前面停了下來，據說導盲犬會遵照指令，在公車及電車上幫主人找空位，指的應該就是這樣吧。稍後，永瀨坐了下來。

我站在離他約二十公尺的地方看著他們。

「我記得retrieve這個單字的意思是『取回』，對吧？」陣內竟然悠閒到開始聊起英文。

「而獵犬retriever可直譯成『取回者』或『復得者』。」我答道。

「我剛剛突然想到一個利用獵犬來賺錢的點子。」陣內很認眞地說道。

「什麼點子？」

「就是叫牠去叼回路上行人手中的包包啊。因爲獵犬的本性就是會『啣回物品』嘛。這樣我就能拿走包包裡的錢嘍，很讚吧？雖然每次所得金額不多，但只要重複個幾次，就能湊出一筆可觀的錢財嘍。」

「你是認眞的嗎？」我連苦笑都苦笑不出來了。

「陣內，你到底懂不懂法律？」這可說是最容易判定的竊盜行爲了。我想起以前鴨居曾非常不愉快地向我們抱怨過，他說：「陣內曾將銀行的錢偷藏進口袋裡。」當時我還以爲那只是鴨居他誇大其詞罷了，不過看來或許確有其事。

「妳知道妳是在向誰問這種問題嗎？我現在可是很拚命地在準備家裁調查官的資格考試耶。我每天都在讀這——麼厚的民法、刑法考試問題集呢！」

「我有件事想拜託你。」

「什麼事？」

「請你務必當個好調查官。」我衷心地說出了我的願望。「拜託拜託。」

我們算算時間差不多了，就往車站入口移動，在那邊等永瀨及貝絲回來。

幾分鐘後，永瀨控制著走在前面的貝絲出現了。他們的呼吸配合得很好，動作的節奏也很流暢，顯得輕快無比。但我卻反而覺得無趣。

貝絲有點嫌麻煩地停在我們前面。永瀨說了聲「Sit」，牠隨即坐下。

「結果如何？」陣內毫不掩飾他的好奇心。

永瀨的反應比我原先所想的還要不明。他只說了聲「嗯」，之後卻歪著頭像是在思考什麼事一樣，講話也不太乾脆。

「那個公事包男說了些什麼？」

「我一坐下，他就問我：『就是你嗎？』」

「啥？」陣內發出訝異的疑問。

我也對永瀨的回答感到意外。

「『就是你嗎？』……這是怎麼回事？永瀨，那名大叔認識你嗎？」

「這個嘛……，我不記得他的聲音，但或許我們在某處見過面。總之，我先簡單自我介紹，並說明了貝絲的事，隨後我就設法套那名大叔的話。」

「然後咧？」

「他好像對我抱持著警戒的態度。聲音聽起來很緊張，還有點神經質。」

「你是靠聲音的溫度判斷出來的嗎？」我問道。

「對，就是靠聲音的溫度。」

「換句話說，遭到公司開除的那名大叔，不曉得究竟該相信什麼才好嘍。」

「感覺上好像也不太對，他說他現在正在工作。」

「要是坐在長椅上就算是在工作的話，那我肯定是個工作狂。」

永瀨又陷入思考當中。

「等一下！」此時陣內突然出聲，制止了我們的思考。「動起來了。」

「什麼東西？」

「原本停止運轉的世界，終於再度動起來了。」

我歪著頭想：又是一句神祕的發言。但是我卻看到那名耳機男朝我們這邊走了過來。

7

耳機男的眼神凶狠，再加上他是單眼皮，表情看起來特別冷峻。

他走到我們站的地方，隨即改變方向從我們身旁經過，自另一個入口走進車站內。

看著他的背影，我說：「陣內，你猜錯嘍。那個聽隨身聽的男子，好像不是在那裡等人喔。」

「戴耳機的男子移動了嗎？」永瀨想要知道狀況。

「剛剛他朝我們這裡走來，然後……轉往兩點鐘方向，走到別的地方去了。」

陣內原來閉著嘴巴生悶氣，但隨即快步追了上去。

「你要去哪啊？」我急忙問道。

「怎麼了？」永瀨也很擔心地問我。

「陣內他去追那名耳機男了。」

陣內的特色就是想到什麼，立刻會在不事先預告的狀況下展開行動。我真的很想問他，到底是什麼成長環境造就了他這種個性。

我們也隨後跟上，永瀨抓著我的左手，由我來引導他。雖然車站內的人潮擁擠，但牽著貝絲的永瀨倒也不至於寸步難行。

「你到底在這裡做什麼？」我們聽到了陣內的聲音，他緊抓著耳機男不放。

等我們抵達現場時，這兩人已面對面，陷入一觸即發的緊張狀態當中。首次見面的兩個人，能在短時間內將關係搞得這麼險惡，著實令人佩服。可見當時氣氛有多糟了。

男子早已拿下耳機，露出困惑及憤怒的神情回問陣內：「你幹麼？」突然遭人攔下，還莫名其妙地被質問，任誰都會感到不愉快。

陣內則還是老樣子，完全不理會他人的感受，自顧自地繼續質問。「你從剛剛就一直站在廣場那邊聽隨身聽，對吧？而且一聽就超過兩個小時以上，你到底在幹什麼？」

「干你屁事。」

沒錯，這跟陣內一點關係都沒有。在一旁聽著這兩人對話的我，眞的會比較想站在耳機男這邊勸陣內。前不久鴨居才對我們說：「我看著陣內與行員的爭論，其實再怎麼看，都會覺得是行員比較有理。當時我眞的很想幫那名行員說話啊……」現在我總算是瞭解他的心情了。

「當然有關係，關係可大了咧！我要是不能知道你的眞實身份，那我會受不了啊！」

男子開始端詳陣內，大概是因爲他無法決定是要理睬他呢，還是將他當成一名品性不良的阻街客吧。

「那我問你，你在這裡幹什麼？」男子反過來質問陣內。

這兩人每說出一句話，火爆氣氛就上升一級。

我及永瀨也只能啞口無言地站在一旁，乖乖當個旁觀者。

「算了，到此爲止。」吵到一半，陣內有點嫌麻煩地丟出一句話：「你這個耳機男究竟是誰，跟我一點關係都沒有。」

你終於察覺到這點了啊！我高興到差點主動伸手與陣內握手。

但此時，耳機男突然抓住陣內的手肘。「站住，你這個人很可疑！」

「什麼可疑？」

「你不也是一直待在外面那個廣場嗎？」看樣子對方似乎也察覺到我們同樣在廣場上坐了兩個小時以上。

「因為我們很閒啦！」陣內大剌剌地回話。「我們是閒到沒地方去的年輕人，所以才會待在那邊鬼混啦。」這有什麼好得意的，我實在搞不懂。

「你剛剛不是自稱為書店工會的工讀生嗎？那是騙人的吧！」

陣內突然停止不動，皺起眉頭。

我同樣疑惑地「咦」了一聲。

「喂！」陣內往前踏出一步。「你怎麼知道我說過『我是書店工會的工讀生』這句話？」實際上，他並不是工讀生。

男子瞬間無話可回，臉色的改變清晰可見。他眼露虧心神色，嘴唇也因悔恨自己的失態而扭曲了。「你自己剛剛說的啊！」他很牽強地回答道。

「我只對在廣場那邊的看書女說過而已，之後我連提都沒提過這句話。」

「你剛剛在廣場說那句話時，我恰巧聽到了。」

「你聽到了？」我禁不住插嘴。「剛剛你離那名女子這麼遠，而且還戴著耳機，這樣你也聽得到？」

我陷入一片混亂，耳朵上掛著一對大耳機的男子，為何聽得到陣內與那名女子的對話？

我最先想到的理由，就是這名男子可能在跟蹤那名看書女。那他不就是個變態？

他假裝成在聽隨身聽的樣子，一邊觀察著看書女。如果眞是如此，隨即有另一個想法自腦海中浮現。

「你在竊聽嗎？」我脫口說出這句話。

耳機男爲了多知道一些關於看書女的事，或許在她所持有的物品當中偷偷裝了竊聽器。他假裝聽著音樂，其實是在竊聽。這個推論的可能性極高，所以他才會知道陣內到底說了什麼。

若他眞的一直糾纏著那名女子，那麼在同一個地方待上兩、三個小時，對他而言必定也算不了什麼。會跟蹤特定女子的變態，想必都具有相當程度的執著心與耐力。

看著爭論不休的陣內與那名男子，我也開始相信自己的推論。這名男子肯定是個變態！我正想向永瀨說出我的推論結果時，他卻搶先對我說：「優子，咱們再回到剛剛那個地方去。」

「剛剛那個地方？」

「就是有長椅的那個地方啊。」

「回去幹麼？」

「我大致知道整體狀況爲何了。」

「我也是。」就是那名男子是個變態嘛。

「這樣啊……，那就快走吧。」

「咦？爲什麼？」你要我放著變態不管？

「因爲案件的發生地點並不在此。」

「案件？」

「走吧。」

我挨近他的耳朵小聲問：「那陣內怎麼辦？」我側眼一看，他還在跟耳機男爭論。

「別管他，我們先離開這裡再說。」永瀨低聲回答我。

我有點搞不清楚狀況，但還是跟永瀨一同走出車站。我回頭時，剛好看到陣內揪住那名男性的衣襟，而他們周邊充斥著即將上演一齣原始互毆戲碼的緊張氣氛。我將他們的狀況告知永瀨，永瀨卻一副毫不在乎的樣子。

「丟下他眞的無妨嗎？」

「嗯，陣內他應該沒問題才對。」

永瀨能夠看見我看不到的東西。如果換成陣內，他一定會說：「你太詐了啦。」

8

我們再度踏上天橋，這次換永瀨帶頭，我跟在後面。

正確地指示著貝絲，走在導盲磚上的他，速度雖然很緩慢，但看來兼具威武及爽朗的氣質。

我不曉得那是他藉後天訓練而得，還是先天就具有的特質，總之他的方向感及聽音辨位的能力確實很突出。

「你要去哪？」

「剛剛我們坐的長椅那邊，我要在那邊找尋一下。」

「找尋什麼啊？」

「聲音。」

「聲音？誰的聲音？」

回到剛剛那張長椅前面，我們倆一起坐下。貝絲趴在地上，露出一副「怎麼一直來來去去的，很忙耶」的神情。

「周邊的人有所變動嗎？」永瀨問道。

他一問，我便急忙瞄了一下四周狀況。神情不悅地對話的情侶、看著文庫本的看書女、穿著西裝的包包男，他們仍然動也不動地待在同樣的地方。「那些人眞的一直待在這裡呢，他們好像很閒。」

「其中是不是有人正盯著我們看呢？」

我心想：你在說什麼傻話啊？不過我還是照他所說，抬頭看了一下，結果我的視線恰巧與看書女對上，害我嚇了一跳，馬上轉移視線。「那名看書女在看著我們。」

「我想再過一會兒，那對情侶也會窺視我們吧。」

還眞被永瀨說中了，雖無法斷定他們究竟是夫妻或外遇情侶，但可以肯定的是他們確實將視線投射到我們這邊來。

「爲什麼？」

「他們懷疑我們。」

「懷疑我們？」

「因爲我們做出奇怪的舉動，所以被他們盯上了。」

「這……，陣內本來就是個怪人，他會被盯上也無可奈何，但何必連我們也盯呢？」

「他們大概以爲我們是陣內的同夥吧。」

「饒了我好不好……」我很沮喪地嘆了口氣。「話又說回來，在場所有人都只盯著我們，這也太奇怪了吧？這簡直就像是他們事先說好要盯著我們一樣嘛……」

此時，我突然因著自己所說出的「事先說好」這句話而靈光一閃。有許多人瞪著我們……我對這種場面似曾相識。

永瀨並不打算回答我的疑問。他偏著頭仰望著天空，這正是他集中精神，專注地聽著周遭人事物所發出之聲音的表現。

「感覺就有如站在河川當中一樣。」

永瀨側耳傾聽周遭聲音之時，會順口說出這個比喻，但我並無法體會到那種感覺。即便我們相處在一起，我仍無法理解他生活當中所能感受到的景色。即便想像得到，卻也無法有同樣的體驗。他有他的世界、我有我的世界、貝絲也有牠自己的世界。一想到這，我就覺得特別孤單。究竟我要到何時，才能體會到他所說那種站在河川當中的感覺呢？這股焦躁的心情，總是盤繞在我的心海中。

過了一會兒，事情有了全新的發展。有另一名新人物出現，一名穿著乾淨外套的年輕人走到我們正對面的長椅，去找那名剛剛永瀨接觸過的公事包男。他穿著皮靴，像是一名不起眼的搖滾樂手。

聽到我的說明後，永瀨問我：「優子，妳有相機嗎？」

在詢問理由之前，我先從我的包包裡拿出了立可拍，就是用來拍攝陣內告白實況的那台相機。我還搞不太清楚狀況，總之還是先假裝很理解狀況地說：「要拍那個皮靴男對吧？」

「不，不是拍他。」

「不是要拍他嗎？」

「妳不可以馬上回頭喔，不然會被發現。」

「被誰發現啊？」

「在我們背後，也就是五點鐘方向，我猜應該有一群高中女生才對。我剛剛捕捉到她們的聲音了，應該不會有錯才對。」

高中女生？我小聲地確認了這四個字的發音之後，才回想起來。「你說的是大概在一小時前，跟陣內起了口角的那群女生嗎？」

永瀨點頭說：「如果她們在那邊的話，幫我把她們拍下來。」

「原來你喜歡高中女生啊？」即便我知道他不會是這種人，但心中還是不免感到嫉妒。

我們周遭也幾乎於同一時間開始騷動起來。

在花圃附近，那名搖滾樂手與人爭論了起來。

對象是那名看書女，她不知何時站了起來，並與穿皮靴的搖滾樂手四目相對。我完全搞不清楚發生了什麼狀況。只知道年輕人手上正拿著原本由坐在長椅上那名公事包男所抱的包包。

「這到底是怎麼回事？」我邊說明騷動的狀況，邊問永瀨。

永瀨的表情毫無變化，只說了一句：「照片，能請妳幫我拍下那群高中女生的照片嗎？」

我雖然比較在意在我眼前爭論的這兩人，不過還是照永瀨所說，轉身向後按下了快門。

9

「我們恰巧闖入了交付贖金的現場。」這是永瀨所說的答案。

我們坐在咖啡廳的餐桌前，永瀨坐在我對面，陣內坐在我旁邊。貝絲則連呼吸聲都不敢發出似地，靜靜趴在我們腳邊。

「贖金？又不是綁架案！」陣內的口水很快速地飛進了水杯當中。我則做出保護的動作，心想：要是你敢將口水噴到我的蛋糕上，我絕饒不了你！

「嗯，我也不認爲這是樁綁架案。不過，若是恐嚇案件，也還是有付錢的可能吧？」

「那應該就不能稱爲贖金吧，不過……這倒很有可能是恐嚇取財呢。」

在拍下女高中生的照片之後，我們走回車站內，並照永瀨的指示，一同前往派出所。陣內果然在裡面，當時他正坐在鐵椅子上，對著制服警察發表演說。

永瀨冷靜地向警察說明陣內並未參與犯罪，原本還對我們抱持疑心的警察，在收到嫌疑犯於天橋上遭到逮捕的通報後，氣勢也隨著轉弱。我想就算是這群強悍的警察們，大概也對很囉嗦的陣內感到沒輒吧。最後，警察們像是退還不良二手貨似地，將陣內交由我們帶走。

「爲什麼你一說，那群警察就願意接受；而我費了那麼多唇舌，他們卻打死都不肯放我走？」

「因爲你啊……話說愈多，越招人疑竇啦。」

隨後我們走進咖啡廳，請永瀨說明狀況。

我原本以爲會聽到有如推理小說般漫長的解說，但永瀨的說明卻比我想像中還要簡短。

「坐在長椅上的那個公事包男，目的是將錢交給恐嚇犯。所以他才會那麼緊張兮兮。」

「交錢給恐嚇犯？」

「之前我們去看的電影裡，不是就有恐嚇犯脅迫被害人，要求他拿錢到指定地點的一幕嗎？我們原本所待的那張長椅附近，剛好就是指定要交付金錢的地點。在這種狀況下，警察當然也會事先設下埋伏嘍。」

「我想也是。」我小聲回應。

「當時在場的人當中，有一大半都是警方人馬。」永瀨平靜地繼續說明。「那對看來不像是夫婦的男女、那名看書女，全都是警察。他們只是假扮成一般人，在那邊監視現場狀況罷了。只是因爲恐嚇犯遲遲沒有出現，他們也只好一直待在那邊，總不能掉頭就走嘛。」

聽著聽著，我突然回想起永瀨說過，在他前往與那名包包男談話之時，他劈頭就問永瀨「就是你嗎？」一事。說不定他誤以爲永瀨是前來收取錢財的恐嚇犯。

「那戴耳機的人呢？」

「嗯，那傢伙也是刑警。」陣內證明了此事。

看樣子耳機男是對在現場徘徊不去的陣內及永瀨起了疑心，才決定隨後跟蹤。沒想到陣內卻突然回頭找他的碴，他只好將陣內扭送至派出所去。

「警察在進行監視工作時，都會配戴麥克風，對吧？」永瀨搜尋過記憶後，開口說道。在他的腦海中，肯定妥善地保存著許多夾帶索引的情報。「之前我們去看的那部電影，也有同樣的場景。刑警們不是都靠麥克風來互相聯繫嗎？當時在場的刑警們也用了同樣的手法，他們所有人都戴上了麥克風。所以那個耳機男才會聽到陣內對看書女所說的『我是書店工會的工讀生』那句話吧。」

「意思就是隨身聽的耳機其實是聯絡用耳機的代替品？」

「那也算是一種偽裝吧，他利用耳機來聽取同伴間的互相聯絡。」

「那真的是一件恐嚇取財的案件嗎？」陣內仍半信半疑地不斷搖頭問道。

「這麼說來，最後前來拿公事包的搖滾樂手，就是恐嚇犯嘍？」

那名男子奪下坐在長椅上的男子所抱的公事包，企圖離開現場時當場被偽裝的女刑警制服。

「如果真的是的話，那名年輕人也太笨了吧。他給警察那麼多埋伏的時間之後才慢條斯理地現身，一副很想被抓的樣子。」想起那名穿著皮靴，被女刑警制服的年輕人時，我皺起眉頭。他那丟臉的樣子，與搖滾樂手所散發出來的那種獨特的滑稽，簡直毫不相容。

「他並非真的恐嚇犯。」永瀨若無其事地說出這句話。

「真……真的嗎？」我覺得自己好像被丟在一座孤島上。

「喂，這到底是怎麼回事啊？」看樣子陣內也身處在孤島上呢。

永瀨做出最後的說明。「我只說我所預想到的情況喔。這個案件的目的應該不在取財。在那麼多行人路過的地方，叫被害人等上好幾個小時，然後再前往拿錢，基本上太難成功了。」

「嗯……」

「如此一來，就表示恐嚇犯沒有取財的意思，只是想要引發騷動，並站在一旁看好戲。」

「也就是所謂的愉快犯（註）嘍？」

「魚塊飯？」

我針對永瀨說的詞做了一番說明。

「沒錯，正是妳所說的愉快犯，或許恐嚇犯對被害人抱有怨恨之意，所以才會把公司主管級人物叫出來，讓他在約定地點空等好幾個小時，再把過程全部錄下來。」

「錄下來？」

「就是當時在我們身後那群女高中生啊。我記得她們不是一開始就在那邊把玩ＤＶ嗎？我清楚聽到她們的喧鬧聲了。」

我也回溯了一下記憶，她們確實在那邊吵鬧著說：「不曉得那傢伙會不會來？」、「他一定會來啦。」然後就被陣內刮了一頓。

「她們才是眞的恐嚇犯？」

「八成是。她們以愚弄大人爲樂。」

「還拿ＤＶ錄下過程？」這我就有點搞不懂了。

註：愉快犯，犯罪的動機是爲了讓社會恐慌以取樂的犯罪者。

「嗯。」永瀨將眼前的磅蛋糕（註）放進嘴裡，緩慢咀嚼了幾下。「妳拍下她們了嗎？」

「嗯，是有拍到啦。」

「把照片拿去給警察吧，並說明她們也一直待在現場，還把玩著DV，實在值得懷疑。如此一來，警方應該會鎖定她們。」

我一邊摸著放在桌上的相機，一邊含糊回應。我腦子裡還是無法整理出案件的全貌。

「如何，這樣兩位都能理解我的說明了嗎？」

「大致上……」陣內冷淡地回應之後，伸出食指說：「簡言之……，這個世界對我失戀一事，根本沒有興趣？」

「八成是這樣吧。」

「唉……」

察覺到陣內失望的樣子，永瀨笑著說：「不過，至少還有我們關心你啊。」

「這一點都不算是安慰。」陣內鼓著臉搖頭說道。

不到一週，案件終於眞相大白。

我們送交警察局的照片，著實發揮了功用。雖沒得到誇獎，但至少也沒遭到忽視。警察一知道永瀨以前曾被捲入銀行搶匪案件當中，隨即說出「你也眞辛苦啊」這句曖昧不清的同情之語。

永瀨回答：「活著本來就很辛苦了。」在一旁聽見這句回答的我，覺得這不但是一句帶有堅強韌性的人生告白，同時也摻雜了些許幽默感。

事情正如永瀨所說，那群女高中生恐嚇了當地某著名企業的經營者。

她們幾個人私下組成一個類似社團活動的賣春集團。令人瞠目結舌的是，這個集團具備著學校運動社團的爽朗氣息，事實上，她們竟然以「社團活動」來形容她們的行爲。

社團部長說：「因爲小氣又囉嗦的客人越來越多，所以我們才打算報復一番。」

她們在得知「小氣又囉嗦的客人」是某公司老闆之後，就決定恐嚇取財。「若不希望你花錢跟女高中生上床的事情被揭發，那就乖乖照我們所說的去做。」這是很初級的恐嚇手段。

不過，這名老闆不曉得是看開了，還是打算連這群女高中生都拉下水，總之他向警方報了案。所以警察才會事先埋伏在現場。

「那種笨蛋總以爲自己很聰明，其實我們早料到他會向警方報案了。」女高中生們也事先想到這種狀況，所以她們並非眞的想要拿那筆錢。「我們早就看穿嘍。」她們的計畫只是想整整這

註：磅蛋糕（pound cake），以各一磅的麵粉、奶油、砂糖、蛋所做成的重口味奶油蛋糕。

名老闆罷了。

因此她們又威脅另一名客人去現場拿錢。換句話說，那名搖滾樂手也是她們口中的另一名「小氣又囉嗦的客人」。

「『取回』明明是獵犬的任務才對……」警察說到這裡，陣內便有點不滿地說出這句話，隨後很認眞地再補上一句：「早知道我就先扁那個糟老頭一拳再說！」

「那個糟老頭？」

「我啊，最討厭那種表裡不一，暗地裡拿錢去跟高中女生上床的大人！」

我笑著說：「你何時變得這麼有道德感啦？」但他卻有點困惑地回答：「並不是這樣啦……。我最討厭的是他們平常總會裝出一副很了不起的樣子。如果是那種平常很謙虛、又容易不好意思的人去買春，那也就算了。」

「啥？你能原諒那種人啊？」我不禁失笑。

「只會狗眼看人低，但自己還不是一樣做出買春或外遇這些俗不可耐行爲的傢伙，再差勁不過了！」

「你是生理上討厭這種人嗎？」

「我身邊就有這樣的傢伙啦！」

「你朋友？」

「是我的一等親。」

我反射性脫口說出：「那不就是你父親嗎？」陣內的雙親早已離婚，雖然他時常提起他母親，但這還是我第一次聽到他主動說出有關他父親的事。

「不過，我跟他已經有所了斷了。」陣內說道。此話聽起來似乎有點勉強，卻也同時透露出更大的滿足感。

「有所……了斷了？」

「雖然我現在看到剛愎自用的大人，還是會很火大就是了……」

我有點遲疑是否該繼續這個話題，最後決定還是到此爲止就好。

過了幾天之後，關於案情的進展，唯一瞭解的就是這群高中女生將所有的過程都拍了下來。

「原本是想做成一部紀錄片啦。內容是關於笨頭笨腦的老頭子們，在付錢跟女高中生上床之後，還遭到威脅，然後像個笨蛋一樣坐在車站前面，最後又被警察逮捕。夠蠢了吧？這種被高中女生玩弄的大人的影片，一定很爆笑。我們原本還打算要偷偷舉辦首映會的呢。」

這個計畫看似很完美、卻又很幼稚，不曉得該如何給予評價，但她們也可說是以她們自己的方法來對抗不合理的大人們吧。

「我們只是在不知周遭竟發生這樁案件的情形下，剛好出現在現場罷了。」事後永瀨說道。

「都是因爲陣內說出『世界停止運轉』這句怪話，才害事情變得那麼複雜啦。」我稍微抱怨了一下。

「不過，陣內他當時曾說出預言喔。」

「預言？」

「他跟女高中生起爭論時，不是大聲嚷嚷著說：『像妳們這種人，一定會做出犯罪勾當啦！』嗎？就某個角度而言，他的確是說中了整件事的最後眞相。」

「那只是結果論吧。」

「就因爲從結果論的角度來看，陣內的所作所爲竟有大半都是正確的，我才會感到吃驚啊。」

我記得我當時好像心不在焉地隨便回應了永瀨。

而事後陣內則老早就走出失戀的打擊，並好像想到了什麼主意。他開始勤跑那間錄影帶出租店，看完錄影帶後不把帶子倒轉到最前頭便直接拿去還……。他就忙著進行這項極爲無趣單調的復仇行動。

10

我把思緒拉回公司的會議室當中，沒想到主管還是一直在挑員工的毛病。損害賠償啦、免費服務啦、加班啦、假日上班等等威脅字眼一個個飛了出來。其實最怕這些狀況的，就是他本人。

此時他突然指著我大聲罵道：「開會中妳在想什麼東西啊？」看樣子在他人眼中，我發呆的神情似乎很明顯。

我回答：「我在思考有關黃金時代的事。」主管隨即露出相當厭惡的神情。

我心想，等下班之後，我要找永瀨說說有關那天的事，順便也打電話跟陣內聊聊。

當晚我跟許久未聊天的陣內講電話講到一半，陣內突然「啊」地大叫一聲，慌張地說：「對了，當時我借了一捲錄影帶，到現在都還沒還耶。這下子逾期罰金會是多少啊？」我事先完全沒想到打電話聊天還會聊出這種狀況。

05

孩子們 II

Children II

1

陣內邀我去喝一杯，我問他：「要去喝什麼？」他卻生氣地回我：「非得講清楚你才肯去嗎？」隨後酸溜溜地加了一句：「大概就是去喝五大杯用小麥發酵製成的啤酒啦。」

我剛結束工作，正打算回家休息，不料一走出裁判所就遇見陣內。

一個月前發布了人事調動命令，我被調到負責處理家庭案件的單位。之前在處理少年案件的單位工作時，不曉得是因爲年紀相近還是我看起來有點不太可靠，陣內總是一再幫助我。不對，正確說來，應該是說他會拉我陪他打屁聊天、開我玩笑，並打亂我的工作進度。雖然他是這樣的人，可是一旦見不到面，我反而有點寂寞。所以他一說：「武藤，咱們去喝一杯吧。有間店我蠻想去的，一起去吧？」我立刻不自覺地回答：「好啊。」

居酒屋「天天」兼有座席區與吧台區，空間相當大，即便在非假日時段，晚上七點就已經非常熱鬧了。這間店位於車站前鬧區一角的某棟餐飲大樓的地下一樓，店內充斥著菸味、食物的熱氣與酒客的喧鬧聲，便宜的價格吸引了學生及上班族。我與陣內選了座席區最裡面的一張桌子，盤著腿面對面坐下。

我問：「你常來這間店嗎？」陣內有點曖昧地回答：「不，也不是。」

過不久，陣內開始談起他擔任吉他手的樂團的事。

我今年二十九歲，換句話說，陣內已經三十二歲了。看到老大不小的男人還兩眼炯炯有神地談論龐克樂團，實在很新鮮。「這次我們找到一個歌聲很棒的主唱，眞的棒極了，下次有機會你一定要來看看。」講得一副我沒去會是我的損失似的。雖然我以前就對陣內所屬的樂團感到好奇，但就是無法進一步說服自己去看一次。

隨後話題拉回到工作上。陣內像是慰勞我似地問：「待在家事課也很辛苦吧？」

「與其說是辛苦，倒不如說只有起了爭執的人會上門。」

「我對少年案件比較有興趣，家庭案件只會讓我提不起勁。」

「別說什麼提不提得起勁，畢竟咱們只是領薪水的員工罷了。」

「可是在處理少年案件時，警察局及地檢署不是會送少年犯過來嗎？」

「是啊。」

「這表示他們並非是因著自己的意志而來到家庭裁判所，所以我心中便會進而產生一點點『我得設法幫助他們才行』的念頭。」

「只有一點點而已啊？」我苦笑道。

「相較之下，家庭案件都是當事人自行前來申告，對吧？」

「嗯，是啊。」

家庭案件是指如夫妻離婚、領養養子、分配遺產等家庭問題，由當事人親自前來申告的案件。

「這只會讓我覺得他們是故意把問題送上門來。我很想對那些人說『隨你們便』呢。」

「我倒是不會這麼想。」

「才怪！每個調查官都絕對會有這樣的想法啦！」

陣內有個怪癖，不管什麼事他都想強加斷定。只要他認為是這樣，就會斷言「絕對是這樣」。

聽說以前發生過這樣的事。

有一次，陣內在與被送至家裁所的少年面談時不曉得怎麼搞的，他對少年說：「天下烏鴉一般黑，不可能會有白色的烏鴉存在。」最後還補上一句「絕對沒有」這種斬釘截鐵的話。不過這世上就是有白色烏鴉的存在，雖然相當稀少就是了，但我曾聽說過。不巧剛好被那名少年找到證據。由於該少年的個性本來就很拗，只見他拿著彩色圖鑑如獲至寶似地詰問陣內。

「來，這又是怎麼回事啊？世上明明就有白色烏鴉啊，別自以為是地斷定任何事啦！這就是我討厭你們這些大人的原因。」

據說當時陣內一點都不怕，反而不在乎地回了一句：「那不是白色，是淡黑色。」

簡言之，陣內除了老是主觀斷定事情之外，即便他所斷定的事是錯誤的也不會承認自己有錯。

「老實說，那種互不退讓的夫婦到底會怎樣與我何干咧？」陣內說出了身為家裁調查官絕不該說出口的話。「說眞的啦，不管是少年案件也好、家庭案件也罷，要是沒救的話再怎麼努力都沒用。所以啊，隨便應付一下就可以了啦。」

我啞口無言，心想：照你這樣說，我們何必繼續從事這一行呢？

2

我回想起去年夏天的事。當時我還在少年案件課，有一次跟同事去喝酒時遭到鄰桌的一群中年男子找碴糾纏。

那群看似管理階層的男人一知道我們是家裁調查官，隨即怒氣騰騰地發表起演說：「少年法太不像話了！都是你們太過放縱那些少年啦！」

看樣子他們好像是受到昨晚的電視節目影響，情緒才會如此激昂。昨晚我也跟來宿舍找我的女朋友一起看了這個名爲「少年犯罪」的電視特別節目，整個節目以強調「少年法太過寬鬆」這個觀點剪輯而成，我個人也覺得其中確實有幾段內容會令人不禁產生「這未免太過分了」的情緒。特別是提及發生在大約十五年前，殺害了一對新婚夫婦的少年犯那一段更是令人難受。

爲首者乃年僅十八歲的六名十幾歲青少年，將買完東西正準備回家的一對新婚夫婦拉進車子裡，開車四處亂逛。他們不但對兩人施加令人不忍聽聞的暴力行爲，還淩遲似地殺害了乞求饒命的兩人，最後埋在深山裡。事後爲首的少年被判處無期徒刑，而其他共犯目前都已服完長達十餘年的刑期，重新回到社會中。其中一人在未露出眞面目的狀況下，接受了節目採訪。

記者問他：「對於那兩名被害人，你現在是否還感到愧疚呢？」當時還只是個少年，現已爲二兒之父的男人卻以陰沉的聲音有點憤慨地回答：「我才沒空再繼續愧疚下去，光是要顧好我的家庭就已經夠我累的了，請你們別再來騷擾我了好不好？不然你們到底是想怎樣！」

「他那句『不然你們到底是想怎樣』是什麼意思啊！」

坐在我身旁的女友對著電視畫面發出了咒罵。我想，看了這個節目的所有日本人，大概都會在同一時間脫口說出一樣的話吧。

因著過去的經驗，我深知在未理解具體狀況及原因之前絕不可全盤接受少年的說詞；但是當時的我無法對女朋友說些什麼。

中年男子們持續找我們的麻煩。「不是有些少年出入少年院好幾次嗎？那種小鬼實在沒救了啦。」、「說什麼要讓不良少年重生，又不是在演連續劇！」、「你們太容易被那些狡猾的小鬼給騙了，他們都是裝的啦！」不曉得是因黃湯下肚還是不滿及不安作祟，他們的叫嚷聲越來越大。

說真的，我們聽了雖然很火大，但也不是無法理解他們的感受，所以沒人能做出反駁。只因我們深知少年案件並不是一門學問，討論並不能引導出答案來。

此時在我們當中唯一敢開口的就是剛剛對中年男子們的話題興趣缺缺，只顧享受眼前食物的陣內。「我是不曉得昨天的電視節目內容是什麼啦……」他像是嫌麻煩似地先丟出這麼一句話之後再補上一句：「但是世上可不是只有一種少年而已喔。」

「你什麼玩意啊？」一個中年男子嚷道，聲音還蠻有魄力的。「反正會犯罪的少年根本就無藥可救了啦。」他高聲說道。

「你很吵喔。」陣內又擺出一副厭煩的神情，掏了掏自己的耳朵。「我問一下，你知道影評人一年要看幾部電影嗎？」

這傢伙怎麼突然丟出這句話？中年男子們覺得有點掃興，但仍歪頭沉思片刻後回答陣內：

「少說也有好幾百部吧。」

「那假設有一個只看電視洋片頻道的外行老頭子對一個影評人說：『電影就只是……』你們作何感想？難道不會覺得這老頭子很不自量力嗎？你們現在的行爲就跟那個外行老頭子一樣。我們可是見過了好幾百名青少年耶，懂不懂啊？你們卻在我們這些青少年問題專家面前大放厥詞，難道一點都不覺得丟臉嗎？」

中年男子們雖稍有退意，不過仍不肯乖乖住嘴，只是一再重複說著：「沒救的傢伙再怎麼努力也一樣沒救啦。說什麼要讓他們重生，那簡直跟奇蹟沒兩樣！」

「對！」陣內突然伸出食指比向中年男子們。「就是那個！」

「什……什麼那個？」

「那就是我們的工作！」

「你到底在說什麼啊？」

「我們在創造奇蹟。」

座席區頓時陷入一片沉靜。

「說什麼要教養出身心健全的少年、打造和平的家庭生活，還有少年法及家事審判法的目的等等，全部是謊言，用不著去理會。我們的工作目的正是創造奇蹟！」

陣內斜眼看了面露困惑的我們一眼，隨後用更大的聲音對他們說：「沒救的少年就是沒救，這是你們剛剛說的話。你們說他們絕對不會改過自新。你們斷言即便地球停止自轉、科學家研發出抗癌特效藥、史帝芬・席格輸給壞人，不良少年還是不會改過自新。」

「我們哪有說得那麼誇張！」中年男子們生氣地反駁，但陣內充耳不聞。

「我們會試著讓此事成眞。」陣內很滿足地笑著說：「我們的工作正是試著創造奇蹟。但你們呢？你們的工作有辦法創造奇蹟嗎？」陣內皺著眉頭貼近他們的臉問道。

雖然是個意義不明、荒唐至極的主張，但陣內的話確實十分地有力。

最後他又加上一句：「要是上梁夠正，下梁哪會歪掉。」

之後這群上班族雖然還是重複說著剛剛那幾句話，不過我們已能心平氣和地與其對談。有時當我回想起當時陣內所說的那番話，心中便會浮現出一股「此人眞是可靠」的親切感。即便遭到少年的背叛、或是事情結果未如己意時，我也可用「奇蹟本來就不常見了」這句話來安慰自己。

可是陣內現在卻在我眼前說出「沒救的傢伙就是沒救了」這句等同放棄自己工作的發言，感覺實在很奇怪。「之前你不是說過家裁調查官可以創造奇蹟嗎？」我很慎重地再向他確認一次。

「奇蹟？那怎麼可能會發生！若不是隨隨便便地調查一下少年、馬馬虎虎地寫一下報告書，哪有辦法處理完堆積如山的工作啊！武藤，這點你不也是清楚得很嗎？」

陣內對自己的發言完全不負責任，這可說是家常便飯，我並不會爲此感到幻滅或驚訝，只會在內心嘀咕：好好好，你說的是。

3

「你來啦？」一旁有招呼聲傳來，我抬頭一看，一名手持空啤酒杯的青年站在我們右邊。看到他穿著繡有「天天」兩個大字的圍裙就知道他是店員，八成是個工讀生吧。

「只是剛好過來啦。」陣內有點不耐煩地說道。

「你們認識啊？」我交互看了看還帶點稚氣的青年與陣內。

「他是十八歲的年長少年。」陣內指著工讀生說道。

「哦……」我點了點頭。法律用語上稱十四、十五歲為年少少年，十六、十七歲為中間少年，十八、十九歲則為年長少年。他正是陣內在家裁所負責過的少年。

他穿的圍裙上掛著名牌，上面有「丸川明」三個手寫的小字。

「你叫明啊？」我問道。

「你好。」明露出不太友善的表情。像這種壓抑自己內心的眞正想法，把不滿堆積在臉上的少年在家裁所相當常見。

「最近跟你父親處得還好吧？」陣內問道。

「上週我不是去家裁所跟你面談過了嗎？我也說過你用不著來這裡，規定的日子一到我自然就會去家裁所嘛！」明很彆扭地說道。

「少囉嗦，誰說我是來找你的啊！我只是剛好來這裡喝酒而已！」陣內也有點火大。「我是為了激勵這個沒用的晚輩才帶他來這裡喝酒！」

沒用的晚輩指的好像是我。

「告訴你，我把這個問題當成是寒暄的一環。所以我再給你一次機會，乖乖地給我回答。」陣內口出不知所云的威脅之後，以強硬的口氣說：「最・近・跟・你・父・親・處・得・還・好・吧？」

明發出咂嘴聲。但他可能是認為工讀生最好別與客人起衝突，也可能是深知陣內的頑強個性，所以最後還是丟出一句：「我才不管那個沒用老爸咧！」

他身材很高大，咖啡色的長髮也很適合他，看起來還蠻帥的，加上雙肩很寬，並不會給人瘦弱的印象。

如果是我，可能會責備他：「怎麼可以說自己的父親沒用呢！」不過陣內跟我不同，他很高興地說：「喔……你老爸還是一樣沒用啊？」

「不管在職場或家裡他都只會低頭哈腰，真是個丟臉的沒用老爸！」明說道。

「可是……」我不禁插嘴。「相信你父親一定也有很帥氣的時候才對。」

「不可能啦。」很快地否定我說詞的人竟是陣內。他還用「你別多嘴」的眼神瞪我。「沒用老爸一點都不帥氣，對吧？」

「嗯，是啊。」明也同意他的說法。

「你老媽還是一樣嗎？」

「還是一樣都在外面過夜。老爸因為沮喪的關係，最近也都很晚才回來。大概是在外借酒消愁吧，有時連聲音都啞掉了呢。不管我怎麼問，他也只會回一句『我跟朋友出去……』他哪可能有朋友咧！」

我能回去繼續工作了吧，明丟下這句話就走開了。

「你是特地跑來見他一面嗎？」我問陣內。

「只是湊巧啦。」

「他是高中生嗎？」

「他去年因爲跟其他學校的學生打架而被退學。」

「打架的理由呢？」

「無聊透頂。因爲被隔壁校的男生瞧不起，覺得不加反擊的話『太丟人現眼了』，有夠八股的理由吧？」

「丟人現眼？」

我心想：十幾歲男孩子的行動原理當中，這個理由至少佔了五成以上吧，例如「騎虎難下」、「不想被人認爲自己很遜」。很久以前我曾問過一名少年爲何打架，他回答「我在落實和平」，這種答案還比較可貴一點。

「他原本一直在速食店打工，不過三個月前又跟人打架，就被開除啦。」

「是跟其他工讀生打架還是跟客人？」

「客人。」

我皺起眉頭問：「這也是因為丟人現眼？」

「有一對大學生情侶上門消費，看菜單選擇餐點時卻起了口角。後來男方低聲下氣地向女方道歉，明他就看不下去了。」

「喔……」

「他明明只是個店員，卻突然對男客人丟出一句：『是男人就振作一點好不好啊！』」

「而且他年紀還比客人小。」

「沒錯。他惹得男客人很生氣，雙方開始爭吵，最後演出全武行。店長跑出來制止，警察也前來處理，最後就換我這個身為家裁調查官的陣內大人出場啦。」

「那請問陣內大人給了他什麼樣的處分呢？」

「試驗觀察。那小子家最近剛好有點問題，所以我認為在這種時期應該要謹慎觀察一下狀況比較好。」陣內這番很符合調查官身分的發言讓我有點驚訝……，不對，應該說是相當訝異才對。

「他剛剛說他父親怎樣怎樣……」

「說他是個沒用的老爸。」

「我剛剛一直覺得……陣內你也跟著罵他父親，這樣不太好吧？」

「沒關係。」陣內斬釘截鐵地說道。這讓我不禁聯想到陣內該不會將明的父親與他父親的身影重疊在一起了吧。「總之因爲他母親常常不在家，明懷疑她可能在外交了男朋友。」

「搞外遇？」

「八成是。我也這麼覺得，雖然她一再否認……」

「那不對的是母親，而非父親吧。」

「明他比較不能原諒遭到劈腿的父親。」

「是這樣嗎？話說回來，你會用上試驗觀察還眞是蠻稀奇的呢。」

「會嗎？」

「你平常不是都嫌太麻煩而不做出這種判決嗎？」

基本上對於送交至家裁所的這些少年們，調查官可採用「保護管束」或「移送少年院」等兩種處分。但除此之外還有「試驗觀察」，也就是不馬上做出結論並延長調查的時間，在這段期間會要求少年定期來家裁所報到，觀察其狀況。依情節的輕重，有時還會要求少年至相關機構生活一陣子，或是安排他們去做學徒。總之調查官可以透過這種方式更持續、積極地與少年接觸。

當然啦，我們每天都得面對源源不絕的問題少年，沒空常常使用試驗觀察。

我以前曾對在意的少年通通做出試驗觀察的處分，卻落得每日行程全被與這些少年面談、聽其報告給塞爆的窘況。不知如何是好的我只好一如往常地與他們談話，結果當然是受到主任的告誡：「你這樣光是叫他們過來、跟他們聊天，根本不算試驗觀察，而是自然觀察！」

原來如此，主任說的對。我相當佩服，也自我反省了一番。

相較之下，陣內他是那種會在慎重考慮後才決定使用試驗觀察的調查官。不過與其說他慎重，倒不如說他只是嫌麻煩而已。「就算延長了一段時間，結果還是不變嘛。」他很常翹著嘴巴如此說道。

「你會使用試驗觀察就表示明有什麼特別的地方值得你在意嘍？」這樣說或許有點過分，但像明這樣的問題少年實在多到不行。

「倒不如說是明他老爸比較令人在意。」

「那個沒用老爸？」

「武藤，你怎麼可以這樣稱呼人家？」

我有點生氣。

「這跟你父親有什麼關聯嗎？」反正在喝酒，我決定大膽地深入詢問一下。

「我老爸？」陣內有點吃驚，隨後有點不悅地說：「嗯，好像曾經有個這樣的傢伙呢……」

「曾經有？」

「明的老爸跟我家那傢伙不一樣，我家那個算是最低級的了。」

「怎麼個低級法？」

「我忘了。」我原以爲陣內會很生氣地說他父親的事，但他的表情相當平靜。「我早忘記那個人的事了。」

經他這麼一說，我才想起他以前也曾這樣說過。「是什麼契機讓你忘了你父親呢？」

「你還眞是愛管閒事啊。」陣內並未發怒。

「哎呀，像這種對父親的輕蔑或憎恨情結要是有化解的方法，可以讓少年們知道啊，說不定派得上用場呢。」

陣內擺出一副麻煩上門的表情，掏起耳朵。

「告訴我嘛。」在我的追問之下，陣內喝了一口啤酒後開口說：「我賞了他一拳。」

「啥？你賞了你父親一拳？」我吃驚地不覺拉高聲量。

「應該是十年前的事了吧，我記得當時我才二十出頭。」

「當時你有跟你父親見面？」

「偶爾啦。每次見面都像是隔了好幾年，但他卻毫無改變，看了讓我很火大，於是我就趁機做了我從小就一直想做的事。」

「你是指賞他一拳嗎？」

「那一拳讓我整個人神清氣爽起來。」陣內宛若聽到很有趣的相聲一樣，開心地笑了。「我瞬間忘記了他的一切，心情好得不像話。」

「你就……突然賞了你父親一拳啊？」

「是很突然沒錯，而且是正面直擊喔。」陣內的手慢慢地動了起來，試圖重現當時的情景給我看。

「你父親是不是嚇了一跳？」

「他眼睛張得老大。原本他就是個丟臉的傢伙，但當時的他可說是丟臉到極點。因爲有所了斷，我也管不了那麼多了。」

「你父親後來說了什麼？」

「他並不曉得是我，因爲我是在不露出眞面目的狀況下揍他的。」

我實在想不出如何不讓眞面目穿幫而揍人。總之這個話題到此打住，可以確定的是陣內以他獨特的方式與父親劃清了界線。「這個方法好像不太適合推薦給問題少年用。」我肯定地說。

「所以明的父親跟我老爸的事一點關係都沒有。」陣內斷然地說道。

半小時後，我們起身離開。

幫我們結帳的正是明。他一邊算帳，一邊面無表情地說：「我有事請教一下，想離婚的人是不是也會去家裁所？」

「嗯，是會來啊。想離婚或不想離婚的人都會來喔。」陣內指著我說：「這個人現在就在那一課，他可是處理夫婦紛爭的專家呢。」

明以崇拜的眼光看著我。「家裁所會舉行審判對吧？審判就能決定夫婦兩人到底誰對誰錯嗎？」

收銀機前面只有我們。

「不太對。」我溫和地加以否定。「家裁所做的只是調停，並非審判。我們會請夫婦雙方前來，聽聽他們的說法。」

「聽他們說話之後咧？」

「設法找出雙贏的方法。」還真虧我能說出這樣抽象的說明。

「不是當場判定誰對誰錯嗎？」

「我們的用意並不是要找出壞人。」若是上法庭審判，揪出壞人是唯一目的。但調停並不一樣。

「調停的目的在於溝通。」

「原來如此。」明顯得有點掃興。「那家裁的人也不會去找出外遇對象並加以懲罰嘍？」

我猜不透他此話何意，但還是回答：「是的。硬要說的話那應該是偵探的工作。」

「拜啦。」陣內粗魯地道別後走向自動門。

謝謝光臨，歡迎下次再來。明像是乖乖看過員工守則一樣，很客氣地送我們離開。

陣內似乎想起什麼事，突然回頭對明說：「對了，這玩意給你。」並從口袋裡掏出一個小盒子。

「這是什麼？」

「MD，就是可以用來錄音的玩意。你連這都不知道嗎？」

「我想問的是……」明露出比剛剛還要驚訝與焦躁的神情。「裡面錄的是什麼啦？」

「是我所屬樂團的曲子。很讚，回去聽聽看吧。」

「哪有人會自己說自己很讚啊？」明投以同情的眼光。「很抱歉，屆時我可不會說恭維話喔。此外，陣內先生你年過三十了吧？像你這樣的大叔還在玩樂團，太遜了啦。」

「小子，你給我聽好。我出生至今從沒人說過我遜！」我邊聽著他那不知從何而來的自誇之語，邊邁步走出店面。十月下旬的寒冷空氣從我的衣襟縫隙穿過。

4

次日一早天空就飄著小雨，雨勢雖不致大到在地面打出聲響，卻也使周遭景物慢慢地潮濕起來。午後，這場小雨仍沒有放晴的跡象。從窗外望出去，一大片黑雲籠罩著天空，讓人看了覺得如果把那片雲當成抹布用力擰上一擰，水珠就會不停地滴落。

下午四點左右，須永主任辦公桌上的電話響了起來。是一通告知調停失敗的聯絡電話。

基本上在進行離婚調停時我們並不用出席，而是由調停委員前往處理。

據說調停委員是由上班族、教師等「兼具豐富人生經驗及良好人格的人士」擔任。不過說實話，我完全不曉得他們到底是透過何種方式、在什麼樣的條件下被任命爲調停委員。在這些調停委員中有些人眞的相當適任，也有些人讓我不禁懷疑他們的勝任性。

總之進行離婚調停時會由一男一女兩位調停委員來聽聽當事人雙方的主張，並進行溝通。如果第一次就能順利溝通解決，當然沒有後續問題，也就是說用不著調查官出馬。這對調停委員與當事人雙方皆可算是好事一樁。

不過，有時調停委員也會碰到無法解決的狀況。有的是再怎麼溝通也找不到根本的問題所在，有的則是需要針對當事人的主張進行調查，簡言之就是找不到解決方案。

如此一來會如何呢？

當然就輪到據說是身為「活用心理學及社會學的手法，解決少年犯罪或家庭紛爭的專家」的家裁調查官，也就是我出馬了。

在有調停案的日子家裁所會安排受命值日，也就是決定當天輪值的調查官。一但調停失利，輪值的調查官就會被叫過去。今天恰好是我當班，所以我得過去一趟。我只好嘆口氣，過去看看。

調停委員已在調停室內等我，而當事人雙方則暫時退出房間。我一邊看著申告書的內容，一邊聽調停委員說明狀況。

丈夫大和修次今年四十歲，是某私立大學的理科教授。妻子名叫三代子，今年三十二歲，是個專職主婦。兩人育有一女純子，今年三歲。

離婚原因是因為個性不合而不斷引發爭吵所致，這種原因相當常見。提出申告的是妻子三代子。

「雙方都說要爭女兒的監護權。」調停委員之一的佐藤女士面露困擾的神情說道。她那盤到腦後的白髮看起來相當高雅、圓圓的大眼鏡也予人一種知性美，聽說她擔任國中教師直到年限才退休，是個很文靜的女性。可想而知，她在學生之間應該也很受歡迎才對。

「身為丈夫的修次先生已經離過兩次婚了喔。」坐在佐藤女士旁邊的男性調停委員山田先生說道。他臉上雖掛著笑容，但眼神卻透露著不滿。他對人很友善、社交能力也強，所以第一次見面時我對他抱持著不錯的印象，但最近他漸漸顯露出專斷的一面，開始令我覺得有點難相處。

「這已經是第三次了嗎？」我再確認地問道，山田先生隨即丟了一句「二加一當然等於三嘍」回來。這是他的幽默，還是叱責我不要說這種理所當然的話呢？我實在搞不懂。

「前兩次離婚的原因是？」

「因為丈夫在外面有了女人。」佐藤女士說。

「兩次都是嗎？」

「嗯，兩次都是。而且兩次都是在離婚後馬上與外遇的對象結婚，所以第二次離婚的主因就是他的現任太太三代子女士。」

「他每次都是找到新女人之後馬上就跟老妻辦離婚啦。」山田先生的臉上明顯露出不悅的神色。

「還真像是大隊接力呢。」在人生進行到某個階段後就換個新太太，再往前進一點之後再換另一個。這讓我覺得大和修次好像是靠這樣的手法來避免他的人生失速，進而持續生存。

「你說的一點都沒錯。而且他和前兩任妻子之間都有生下小孩。」

「這是怎麼回事？」我在腦子裡描繪的家庭構成圖開始產生混亂。

「這位先生與結過婚的三名女性之間各有一名小孩。就是這樣啦。」佐藤女士親切地爲我說明。

「那，他與前妻生的孩子們現在在哪裡？」

「都與母親住在一起。」

「眞是有趣。」我脫口說道。以「有趣」來形容當事人的狀況實在不妥，我正想自我反省一下，但佐藤女士卻面露微笑地跟著說：「嗯，的確蠻有趣的。」眞是救了我一命啊。

「這位先生說：『我雖然離過兩次婚，但那絕非是壞事。我的前妻們現在反而過得相當幸福，不信你們可以去調查看看。』」

原來如此，你們認爲這件事有調查的需要所以叫我來啊。

「他是個花花公子嗎？」此話一出，佐藤女士馬上搖頭否定。「他看來相當老實認眞，並不像是性好女色之人。」

「話說回來，他不愧是個教授，剛剛還很冷靜誠懇地試圖說服我們。」山田先生嘆氣道。

「他會給人自大的感覺嗎？」

「其實並不會。他很冷靜、語調也很認眞，所以剛剛我們還以爲是在上課。硬要說的話……，他太認眞了點。」

「那……妻子三代子女士並沒有工作，對吧？」我再次確認。

「她之前一直是個家庭主婦，不過離婚後打算到外面工作。她說她想自己撫養女兒，不希望把女兒讓給先生。」

「這算是逞強嗎？」我問道。

「算是逞強吧。」佐藤女士靜靜地點頭，山田先生也同意這個說法。

深入追查夫妻之間的問題，幾乎會發現都是同樣的原因所造成的。「逞強」與「強忍」。

5

我決定先聽聽申告人三代子女士的說法。她走進談話室時臉頰泛紅，可見她心中夾雜著憤怒、緊張與警戒心。

她的身材纖瘦、膚色偏白，看起來才二十幾歲。及肩的頭髮朝內捲曲，下巴尖細、眼尾有點往上吊，予人神經質的感覺。

我坐在調停委員之間，簡單自我介紹後問：「妳不打算放棄女兒的監護權嗎？」

應該說是如我所料嗎，她用一種好像連聲音都充血似的魄力說：「我絕不放棄！」語氣中充滿不服輸的味道。「我不打算把純子讓給那個人！孩子本來就該跟母親生活在一起，不是嗎？」

「呃，妳說的這種狀況是很多啦。」我一邊顧及她的感受，一邊搭話。「可是也有孩子是交由父親這方來撫養的狀況。」

「怎樣！你是說我照顧不來嗎？」

「不不不，我可沒這個意思。」我搖了搖雙手，盡可能把迎面而來的言語之箭給撥掉。「我只是舉例罷了。」

她呼吸急促地瞪著我。看樣子她可能將坐在正對面的我視爲敵人，而不是我兩旁的調停委員。

「妳個人並不反對離婚，對吧？」佐藤女士從旁插話問道。

「嗯，算是吧。」三代子女士一邊將不滿吞下肚，一邊點頭。

「妳所謂的個性不合能否具體一點說明給我們聽呢？」我問道。

「很多方面啦。」

拜託，這樣根本就不叫具體說明好嗎！「請問妳還記得最近一次吵架的原因嗎？」

「最近我很少跟他碰面，所以也沒得吵，當然也沒得談。」

「教授的工作想必很忙吧。」我露出一副很瞭解的模樣肯定地說，她卻變得有氣無力地噘起嘴巴，額頭上浮現深深的皺紋，好像手腳上多出來的皮膚全部集中到額頭上了。隔了好一陣子，她才開口說：「我覺得他有了情婦。」

「咦？」我們三人同時發出了疑問，看樣子在剛剛的調停當中並未提到這件事。

「雖然他否認了，但我想應該沒錯。」

「有什麼讓妳不禁這樣想的因素嗎？」

「他之前會離婚都是因爲這個原因，所以這次一定也一樣啦。肯定又有一個得意忘形的女人纏上他，他打算先跟我離婚再跟那女人結婚。你們認爲這樣的男人有辦法好好養育我女兒嗎？反正他日後八成還會再找上另一個女人，離婚又結婚。而且他之前都肯把孩子交給前妻，爲什麼這次偏偏要跟我爭？」

我聽著她這一長串極具攻擊性又像念經般的抱怨，心想：她並非是因爲疼愛女兒，純粹只是爲了自己的自尊心才堅持要取得監護權。

「意思就是說妳女兒並不會比較喜歡妳先生嘍？」

「她怎麼可能會喜歡那種臭男人！」

我聳聳肩，又想：這位女士八成也會在她女兒面前脫口說出「那種臭男人」這句話吧。

6

緊接著我們請丈夫修次先生進來好聽聽他的說法。

他輕輕轉動門把走進房間。他是個身材中等、有點斜肩的男性，並不會過瘦，全身從上到下都給人一種圓圓的印象，只有眼鏡帶有稜角。他戴著一副方形黑框眼鏡，鏡片底下是一對銳利的雙眼，確實讓人感覺到他的認眞態度。

哦……，這就是曾跟三名女士結婚的男人啊？我有點佩服地觀察著他。在我看來他只是個微胖的中年男人，但在女人的眼裡說不定看起來會「有點知性，卻又很可愛」。小熊維尼的模樣再加上知性的氣質，的確是天下無敵……，等等，哪來的天下無敵啊？

跟剛剛一樣，我先確認過狀況之後再開口問：「是您先提出離婚的嗎？」

「大約一年前開始，我們會爲了芝麻小事起爭執。她總是一再地反對我提出的意見，而她做的每一件事也總是不合我意，於是狀況逐漸惡化……」

每對吵著要離婚的夫婦都是這樣啦——但我並未說出這句話，因爲我很清楚這種微不足道的小衝突不斷累積正是導致離婚的主因。

「最後我向三代子開口說要離婚，她也同意了。」

跟三代子女士比較之下，修次先生顯得相當冷靜，甚至讓人覺得他有點冷酷。

「現在只剩監護權的歸屬還沒解決。」

「我實在無法接受！」修次先生噘嘴說道。「原本她答應要讓我撫養女兒，可是最近不曉得爲什麼卻突然改口說不肯退讓。」

經他這麼一說，我才想起剛剛佐藤女士也說過同樣的話。

「這是爲什麼呢？」

「天曉得。」他的表情恢復原來的平靜模樣，側頭說道。「大概是兩週前吧，她突然說已經向家裁所申請仲裁離婚。我被她嚇了一大跳。」

「是你太太片面向家裁所申請仲裁的嗎？」

「我眞不曉得她是從何得知可以這樣做的……」修次先生有點無可奈何地說道，我覺得他的語氣中帶有瞧不起太太的意思。「或許是有人指點她這樣做吧……」

「你前兩次離婚都沒有動用到調停仲裁嗎？」

在與對方談話時就像是暗中摸索、如臨深淵，究竟要深入到何種程度才可能觸動對方的怒火？我總是抱持著這樣的不安，丟問題給對方。

「嗯，之前都靠離婚協議就解決了，這還是我第一次碰到要調停的狀況。」

我可是每天都會碰到耶。

他的表情淡然，似乎對過去的離婚經驗並不後悔或慚愧，講話時也散發出一股很理智、合理的氣氛。我並未詢問，他卻主動地開口說明了自己的婚姻狀況。「我二十五歲時結第一次婚、三十二歲時結第二次婚、三十七歲時與三代子結婚，前兩任妻子是我在其他大學任教時前來修課的學生，三代子則是我在出差時認識的女性。」

「前兩次離婚的理由是？」

「因爲我認識了想共結連理的女性。」

「兩次都是嗎？」

「兩次都是。」

大概是因爲他回答得很乾脆，所以聽起來並不會令人不悅。與藉口或虛榮心無關，像是純粹講出眞心話的感覺。

「這次也是嗎？」既然他主動開啓話題，我趁勢丟出這個問題。

修次先生眉頭微抖了一下，不過隨即很不客氣地回答：「我剛剛不是說過是因爲個性不合的緣故嗎？你有沒有在聽啊？」

「我能問一下你與前妻所生的孩子現狀嗎？」

修次先生不見動搖地回答：「我並沒有付贍養費給第一任妻子的孩子。當然，剛離婚時我每個月都付，不過前年她再婚了。開始過新生活的她似乎希望與我站在同等的立場，所以她主動叫我不要再付贍養費。目前我仍然在支付贍養費給第二任妻子。」

「那你現在還有與這兩個孩子見面嗎？」

「我跟第一任妻子所生的兒子已經是個國中生，與他繼父處得很不錯，所以我並未再與他見面。」

由於從這番話的口氣中感覺不到一個身爲父親之人應有的感情，這讓我稍感不快。於是我用稍稍強硬了點的語氣問：「見不到親生兒子，難道你不會覺得寂寞嗎？」

「當然會啊。」修次先生回答時的聲調聽起來並未帶有寂寞的情緒。「只是爲了兒子著想，我認爲不去見他是正確的選擇。」

他那宛如這世上的事物都能用「正確」或「不正確」加以區分的口氣，又讓我很不中意。

「換言之，你只是強忍相思之情嘍？」

「嗯。」鏡片底下的眼神並未有所改變。「而與第二任妻子所生的兒子則是固定半年見一次面。」

「那，當次子有新父親時你也打算不再與他見面嗎？」

「若我經判斷認爲這樣對他最好的話……」

「意思就是你認爲那是正確選擇的話，就不再與兒子見面？」

「是的。」修次先生很理所當然地點頭。

「我有個很簡單的問題……」我繼續問道。「你前兩次離婚時都不在乎兒子的監護權，爲何這次卻想要撫養女兒呢？」

「這個嘛……」他的表情認眞了起來。「因爲我前兩任妻子與三代子不同。」

「不同？」我與山田先生同時出聲。佐藤女士則是遲了一會兒才開口問：「你所謂的不同是指？」

「性格……，不，應該說是類型不同。我前兩任妻子各有工作，換言之她們都能自給自足。但相較之下，三代子不但缺乏社會經驗，我也不認爲她有辦法好好照顧女兒。」

我原本很想回他一句：眞要說社會經驗的話，只在私立大學的研究室及教室出沒的你也好不到哪去吧。這種將私事先擺一邊的人實在教我無法對他抱有好感。

「我認爲純子應該由我來養育才對。」

「因爲這才是正確答案？」

「是的。」

「你女兒跟你很親密嗎？」我想起剛剛三代子所說的話，抱著反正又會挨罵的覺悟丟出了這個問題。

「我太太一定說女兒跟我很不親吧？」

「不，她並沒有……」我含糊其詞。

「當然啦，我女兒並不會一整天黏著我不放，不過我們父女相處得還算不錯。」

「說不定只是你自以爲是的想法。」山田先生故意出言刁難，就像是個討厭花花公子的老頭子。

「談過話後相信諸位就能理解，三代子是非常感情用事且毫無計畫的人。現在她只是逞強說重話而已，眞的離婚之後我相信她肯定會方寸大亂。」

「肯定？」我想起陣內常用肯定的口氣告誡我的一句話：千萬不要相信把事情說得很肯定的人。

「可是，像你這樣主觀認定，似乎有失偏頗……」山田先生插嘴道。「說不定你太太在跟你離婚並取得監護權之後會變得很堅強呢。我個人認爲你還是不要擅自認定某人會如何如何、你太太會怎樣怎樣比較好。」

「如果我們談論的是別的事，那我或許還願意交給我太太處理。但既然與我女兒有關，我不得不愼重行事。這樣說可能有點過分，但要是離婚後我太太情緒失控，說不定會拿女兒出氣啊。」修次先生的發言就有如發布颱風警報的氣象報導一樣，冷靜沉著、客觀，卻缺乏說服力。

「出氣？」我反問道。

「她有可能會對女兒動粗啊。」

「動粗？你太太曾有這樣的舉動嗎？」

「有。在與我爭論時她一激動起來就會把自己搞得披頭散髮，還會揮動雙手。」

「這……」我有點厭煩地探出身子說：「眞是如此的話，離婚不是很危險嗎？」

「話說回來，總不能爲了避免這種狀況發生而勉強我們繼續婚姻生活吧！」

我實在很想回他一句：就算勉強也應該要繼續下去才對。

似乎與我有同樣心情的山田先生嘟著嘴說：「不過大多數夫婦都會爲了兒女好而勉強維持著婚姻關係呢。」

「我並不認爲這是正確答案。」

又是「正確」、「不正確」，你以爲是在寫考卷啊？

「我總覺得你的講話方式令人感受不到你對女兒的愛。」語帶諷刺的山田先生已經完全展現個性很差的那一面了，不過對這發言我也有同感就是了。修次先生雖然辯才無礙，但我們無法感受到他是眞心愛護著女兒。加油啊，山田先生。

爲了確認事實，我開口問：「那你太太至今曾對女兒動粗過嗎？」

「沒有，但當我不在她身旁時她很可能這樣做。」他斷言道。

「可能是吧？」山田先生冷笑道。

我們又請三代子女士進來，讓他們夫婦倆坐在一起。

總之我在不提及跟暴力有關的字眼的狀況下，以委婉的說法提出大意爲「跟沒有工作又歇斯底里的太太比起來，有工作且冷靜的丈夫好像比較適合撫養女兒」的建議。

結果不出我所料，三代子女士並不能接受。「不要擅自認定我不行好不好！」她大吼道。

修次先生則是露出「正如我所說」的神情之後怒氣騰騰地回應：「這不是擅自認定，而是分析所得的結論。」

「分析？你每次都只會丟出這種自以爲是的論調！」

「『分析』哪裡自以爲是了啊？」

我心想：光是「分析」這兩個字就已經夠自以爲是了。

反正我原本就不抱期待，而事實證明今天確實談不出個結果。

過了一會兒，三代子女士開口說：「你根本不可能好好撫養女兒嘛！你前兩次都主動放棄了自己的孩子，對吧？那表示你原本就沒有身爲父親的自覺，你一定認爲孩子只是結婚的附加產物吧！」

我心想：這種說法倒是蠻有道理的。修次先生前兩次離婚都主動放棄監護權，確實讓人感受不到他對孩子抱有疼愛之情。

「妳錯了。」修次先生否定她的說辭。「那是因爲我覺得那樣對孩子最好。」

「什麼叫最好啊？自以爲是！你以爲最好就表示你能保護純子嗎？」

「那妳又有能力保護純子嗎？」

「什麼嘛！我已經都知道了啦！」

協商演變成對罵。我故意深呼吸一口氣，隨後嘆氣道：「請兩位半個月後再來一次。」

每次看到兩個年紀老大不小的成人彼此爭論到口沫橫飛的光景，總是讓我覺得很沮喪。雖然我不是陣內，但也眞想對他們說一句：「隨你們去吵吧！」可是爲了孩子，我還是不禁希望他們能夠「和平相處」。

當然啦，並不是父母親一離婚，孩子就會步入歧途。不過我很確信，照理說應該同行相伴的父母若因互相咒罵而離婚，多少會對孩子產生影響。所以我才會每次都把「隨你們去吵吧」這句話吞下肚，竭力設法讓每對夫婦的調停工作都能有所進展。

我出了個習題給他們。「下次請兩位說說未來打算如何兼顧工作及撫養女兒的責任。」我另外給三代子女士一個附加條件。即便非正式也無妨，請她去找工作並說明工作地點及性質。

大和夫婦並未看對方，甚至可說是背對背地站起來走出談話室。

關門的聲音與振動停止後，我緊繃的雙肩得以放鬆。坐在我兩旁的佐藤女士與山田先生也幾乎同時鬆了口氣。

「你覺得如何？」佐藤女士溫柔地問道。

「如丈夫所言，太太是比較感情用事一點。但丈夫散發出一種冷漠感，我很懷疑他是否真能好好撫養女兒長大……」我一邊摸著頭髮，一邊回想剛剛的談話內容並說出自己的想法。

「最後她說了一句『我已經都知道了啦』，她到底知道了什麼啊？」佐藤女士不經意地提出問題。

「會是外遇的事嗎？」

「有可能。我想那個男人八成又會馬上結婚吧。」山田先生同仇敵愾的心態表露無遺。

「又要結婚啊？」第三次離婚後緊接著結第四次婚？我實在無法想像。可是，「好像並非不可能呢。」

7

「可能性高得很、高得很啊，武藤。」陣內以筷子指著我。「人是不會輕易就改變的啦。那個丈夫肯定在外偷情……，不對，雖不曉得他是否真的在外偷情，不過他肯定已經找到下一個結婚對象了。」

「果真如此嗎？」

「你要知道，以前世界是由羅馬帝國統治的，對吧？」

「你在說什麼啊？」

「大英帝國也曾經繁榮過，而現在則改由美國稱霸。」

「歷史？」

晚上我們又來到居酒屋「天天」。我們一樣坐在座席區，很不知死活地又來光顧了。下班回家途中，我見雨勢轉小正要收傘時又被陣內叫住。「你可以找我聊工作的事，咱們今天再去喝一杯吧。」

雖然就經濟面及精神面而言，我有點排斥連續兩天跑居酒屋，但我還是決定陪陣內去。

可是連續去兩天根本就沒什麼新的話題可聊，我只好順勢把今天調停的大和夫婦案件拿出來談。

店內幾近客滿，我看了看收銀檯前的時鐘，已經超過晚上八點了。店員們精神飽滿地招呼客人、忙碌地來回穿梭著，卻不見明的身影。

「換言之……」陣內拿筷子戳了塊炸雞起來，他的動作就跟不懂筷子如何使用的小孩一樣。炸雞的表面溢出了一層油脂。「領導世界的國家是會變遷的，而且變遷的期間會越來越短。像羅馬帝國雖然持續了好幾百年，美國至今也才不過短短六十年左右而已。」

「那又如何？」

「這就跟那名男性的婚姻史一樣啊。結婚對象一變再變，婚姻維持的期間也越來越短，不是嗎？」

「經你這麼一說……」修次先生第一次婚姻維持了七年，第二次維持五年，這次只有短短三年。「的確如你所說，那我該怎麼辦才好？」

陣內不怎麼在意地說：「這用不著你去擔心啦。」他確認過中杯啤酒杯裡還剩多少酒後繼續說：「只不過是世上也有這種生活方式罷了啊。」

「這種生活方式？」

陣內點頭。「若放著不管，我相信那名大和先生今後還會一再地重複離婚與再婚吧，這又不是什麼大問題。說不定日後他會結婚才五分鐘就馬上辦離婚，那就很値得一笑了。」

我的目的又不是要嘲笑他。「那……他女兒的監護權該怎麼判才好？」

「讓當事人自己去商量決定就好啦。」

「他們就是因爲無法得出結論才會來家裁嘛！」

陣內有點不耐煩地抓了抓頭髮。「那這樣如何？把女兒擺在中間，叫父母各拉住一隻手並用力往兩旁扯。」

「喂……」

「逞強的一方會不斷用力拉，但眞正爲女兒著想的那方應該會因疼愛女兒而主動放手。就把監護權判給放手的那一方即可。」

「這不就跟大岡越前（註一）的大岡裁判（註二）一樣嗎？」

「哼！」陣內有點無趣地哼了一聲。

我察覺有人走到我們背後，抬頭一看是明。他很誇張地嘆了口氣。「你們又來啦？」

「我是爲了吃這間店的炸豆腐而來的。」話雖如此，但陣內明明沒點炸豆腐。

「哦，這樣啊。並不是來找我的嘍？」

「不是。」

「那好，拜啦。」明面帶憂愁地轉身離去。

「陣內，你是不是在意關於明的什麼事？」我把臉湊過去問道。

「沒有啊。」陣內佯裝不知，很冷淡地回答。「先不談這個，繼續談剛剛那個離婚案件吧。你自己的想法呢？」

「我搞不懂。太太很歇斯底里、先生又很冷淡，如果先生能夠多表現出一點愛意，我就會覺得把女兒交給先生比較妥當。」只是不管如何，最後決定權還是在當事人雙方手上。

「表現愛情的方式因人而異啊……」陣內一邊弄響手上的筷子，一邊說：「不過不管交到誰手上都無妨啦。反正不管他們怎麼撫養，那個女兒最後還是會變壞。」

註一：大岡忠相（1677～1752），德川幕府朝臣，歷任官職中以江戶南町奉行（地區行政兼司法官，類似里長兼捕頭）最爲人熟知，受庶民愛戴，後世出現許多描寫此時期的辦案小說或戲劇。一七一七年被任命爲越前（日本福井縣東部的古稱）大名（幕府在各地的封臣，類似諸侯），因此後世多以大岡越前稱呼，是江戶時代兩百六十餘年來由奉行升爲大名的唯一一人。

註二：比喻兼具情理法的智巧判決。

「拜託你別說出這麼不負責任的話啦！」

「一定會這樣啦。總有一天那個女兒肯定會因爲非作歹而被送到家裁所。」

「不要擅自認定好不好。」

「武藤，你自己多少也有感覺吧。孩子都是看著父母長大的，一旦雙親相處不睦或是爲人失敗，孩子們馬上會犯錯。錯不了的！」

「眞是如此嗎？」

「不然也可以像我一樣來個一拳泯恩仇啊。」

「這種建議我實在很難說出口。」我有點困惑地回答。環視店內，我覺得有人盯著我們，是明。他好像剛把料理送到最裡面那桌，然後就站在那邊看著我們。一與我四目相對，他隨即慌張地走回廚房去。

一個小時後我們越來越沉默，也不打算再續啤酒，便決定分手回家。陣內還碎碎念著：「明明酒宴方酣耶……」

我們朝收銀檯走去，明也快步從裡面衝了出來。他推開其他店員，擺出一副「讓我來」的態度前來替我們結帳。這是怎麼回事？要是嫌我們礙眼的話大可不理睬我們啊，但他的動作看起來卻像是刻意要來幫我們結帳。

「你打算每天都來嗎？」明的視線朝下記算著帳單金額。

「我才不會每天來咧！」

明以帶著輕蔑的語氣說：「你該不會是想說只要常來店裡，有朝一日必定能跟我心靈相通吧？就像電視連續劇……」

「心靈相通？」陣內瞪大眼睛，宛若第一次聽到這個詞。「心靈相通？你跟我？別傻了好不好。為什麼我非得跟你心靈相通不可？」

「不就是為了讓我改過自新嗎？」

「要是這樣做就能讓高中生改過自新，那打從明天起全國的家裁調查官肯定會每晚跑居酒屋吧！」

說的好，我以點頭代替言語。

「真是的，你們就只會這樣囉哩叭唆地嚷嚷，所以我才討厭大人。」明嘆氣道。

我很想訂正他的說法，其實只有這個大人特別囉嗦而已啦。

「話說回來，你聽過那些曲子了嗎？」陣內從皮夾裡拿出兩張紙鈔，一邊疊整齊一邊問道。

「嗯……」明的回答曖昧不清。雖說高中生在回答問題時總是這樣含糊其詞，但明實在很誇張。他收下紙鈔、打出收據、算著該找的零錢，這樣過了一會後才小聲地回答：「聽過了。」

「很棒吧？」

我很羨慕敢如此大言不慚地問話的陣內。

明勉強晃了晃頭。「還蠻意外的。」

「對吧？」陣內笑逐顏開。

「那是披頭四的歌嗎？」

「我們加以改編了。」

「那算是車庫風（註）還是龐克風呢，總之很不錯啦。」他有點不情願地認同。

「吉他的速度感很棒吧？」

「算不賴啦。」

「你一定很佩服吧？」

我在內心插嘴：你很固執喔！

「啊，不過……」說著說著，明不太愉快地皺眉說：「可別以為我這樣就跟你心靈相通了喔。」

「這我知道。」陣內噘起下唇說：「我也沒打算讓你改過自新啦。」

「知道就好。」

「對了，這週六我們有場演唱，過來看看吧！」語畢，陣內把一張不曉得從哪取出的長條狀紙片放在櫃檯上。「這是入場券，送你。」他說明了那間Live House位於電車下行線從此再過兩站的地方。「雖然我們只是另一個樂團的助演而已。」

「去了會有好事嗎？」明有點輕視地說道。他連票都不想碰。

「當然有。」陣內自信滿滿地。不對，應該說他整個人就是用自信做出來的。隨後他又對我說：「武藤，你也來吧。」

「啥？我？」由於話題突然丟到我身上，害我不知所措，所以不小心說出了眞心話：「呃，我敬謝不敏。」

「把你剛剛提到的那對夫婦也帶來吧。」

「夫婦？你是指今天去家裁所的那對嗎？」

「沒錯。」

「帶他們去幹麼？」

「我彈的吉他可是有療癒人心的力量，一聽馬上就能解決那種夫婦問題啦。」

註：車庫搖滾（Grunge Rock），或稱爲非主流搖滾、另類搖滾，指簡單又喧鬧、帶有頹廢與爆炸感的搖滾風格。起於六〇年代的美國西雅圖，直到八〇年代末、九〇年代初的超脫（Nirvana）始成熟並廣爲人知。

「無聊透頂。」明聳了聳肩。

我雖沒說出口，但倒是很同意「無聊透頂」這個評語。「不用，你的好意我心領了。」我轉身欲離開居酒屋時，明出聲說：「那個……，呃，陣內先生旁邊那位先生。」

看樣子是在叫我。「我嗎？」

「你專門處理離婚問題，是吧？」

「其實也不只處理離婚問題啦。」

「最近，是不是有人上門找你呢？」

「我們那邊天天都有爲了離婚而吵得不可開交的夫婦上門。」我聳聳肩。「你也打算要辦離婚嗎？」還眞虧我說得出這種無聊的笑話。

「有沒有奇怪的男人上門找你呢？」

「奇怪的男人？」我差點就指著陣內說：我旁邊這個就是啦。

「應該說是討人厭的男人啦，就是那種一直搞外遇的……」

「那種臭傢伙多到不像話啦！」陣內插嘴道。

「噢，眞的嗎？」

陣內繼續說：「像今天那個也是，一再換妻的花花公子大和大人唷。」

「陣內！」我慌張地用手肘頂了陣內的側腹。在他人面前把當事人的姓氏說出來實在不太好。這與其說是守密義務倒不如說是一般常識。

可是陣內卻毫無顧忌地繼續講。「啊，我想到一個很棒的笑話了。」他大聲嚷著，可是他想到的笑話通常都不怎麼好笑。「大和先生的離婚調停可說是眞正的大和調停。啊，是大和朝廷才對啦。」（註）

我充耳不聞。現在都二十一世紀了，早就沒人在用「那可說是眞正的」這種措詞了啦。

正當我們要離開居酒屋時，明問：「你會請那個大和先生去看陣內的表演嗎？」

「啥？」我不懂他問這是什麼意思。

「當然會叫他去看啊！」陣內很不負責任地回答。「所以那又怎樣？他來你就會來嗎？」

我訝異地想：陣內到底是用什麼歪理推導出這個結論啊？不過明的回答更令我吃驚。「這個嘛……如果他去，我就去。」

我愣住了，這算啥？

註：日文中「調停」與「朝庭」同音。大和朝廷又名大和政權，是以奈良盆地爲中心，於四世紀至七世紀間由皇族爲中心聯合各豪族樹立的統一政權，是日本古代首次出現的法治國家，領土北至現今關東地區、南至九州北部。大和調停是指在大和朝廷統一之前，於飛鳥（現在的明日香村）成立的統一調停會。

8

往車站的路是條狹窄的單行道，沿途沒幾個路燈，感覺有點陰暗。與陣內一起走向車站的路上我開口問他：「明到底在想什麼？爲什麼他說如果大和先生去，他就肯去看你的演唱會呢？」

「有兩個可能性。」陣內豎起兩根手指頭，但是我一看陣內的樣子就知道肯定都不對，不過還是姑且聽聽吧。

「最有可能的原因就是那小子原本就想去看我的演唱會。」

「什麼？」

「十幾歲的少年本來就不夠坦率，他不好意思跟我說他想去，才會胡亂掰個藉口，說出『大和先生去我就去』這種話。」

「可是他們兩個人毫無關係，用這當藉口也太扯了吧。」

「你若認眞去思考少年們的行爲，會發現絕大多數都很扯啦。」陣內縮起一根手指頭，接著說：「第二個原因……，大概跟明的不良行爲有關。」

「你指的是？」

「就是他那個沒用老爸啊，他不是每次都會一直數落他老爸嗎？」

「我順便問一下，他父親眞那麼糟糕嗎？」

「哎呀，這世上沒用的老爸可多的呢。」陣內聳聳肩。我很清楚他說這句話時，腦袋裡第一個浮現的肯定是他父親。

電線桿旁邊有個賣紅豆餅的攤販，是一輛改裝過的小貨車，老闆在鐵板上烤麵皮、加上餡料，四周充滿了香甜的氣味。

兩個像是主婦的女性拿著錢包在攤販前等待。我與陣內從旁邊經過，受到氣味的吸引後便互視了一眼。我總算相信原來眞有心有靈犀一點通這回事。我們僅只是彼此點了個頭，隨即排到那兩位女性後面。

等待的期間，陣內繼續剛剛的話題。「明的父親是個公務員，他在區公所當櫃檯人員，雖然平凡，但算是個稱職的父親。爲人也不錯，很受同事信賴。」

「那怎麼會說他是個沒用的老爸呢？」

「大概在一年前吧，因爲明的朋友考到駕照了，要去區公所拿居民資料登記書，明便陪朋友去，正好看到他父親在櫃檯工作的情形，不湊巧地，當時有個民眾在向他父親抱怨。」

「哦，原來如此。」

「世界上真的有那種性格惡劣的人，藉由向他人抱怨以獲得生存樂趣。他父親當時剛好碰上那樣的民眾，便誠懇地、畢恭畢敬地不斷鞠躬致歉。」

「而明恰巧看到了？」

「他朋友看到便恥笑他：『你老爸只會道歉，眞是沒用啊。』」

我輕易地便想像出當時的情景，也能體會明的感受……

「但那只是他父親分內的工作啊……」

陣內立刻回答：「拜託，你也很清楚吧！不管是不是工作，孩子就是不想看到父母親丟臉的模樣嘛。」

「說的也是。」這我能理解。若是看到父親怯懦的身影，孩子肯定會讓感到非常大的震撼。我曾負責輔導的少年們中不乏這樣的例子。他們所受的傷害，就像是自己身上有一半的基因被貼上「次級」的標籤、或是自己的本質受到屈辱一樣。這種傷害會演變成憤怒及沮喪，進而導致他們的墮落。

「在那之後不久，明就因打架而遭到退學。」陣內向綁著頭巾的攤販老闆購買紅豆餅。一聽到老闆說內餡分顆粒及泥狀兩種，陣內便說了一句不明就裡的話：「把顆粒狀的磨碎就變成泥狀了嘛，這樣不是一石二鳥嗎？」他點了兩個顆粒內餡的，我則是兩種各點一個。

付了錢，我們把熱騰騰的紅豆餅吹冷一點，邊吃邊朝車站走去。

陣內繼續說：「明他啊……八成是想證明他跟他父親不一樣，並不是那麼沒用的人，不想被人瞧不起，才會跟別人打架吧。」

「明他自己這樣說過嗎？」

「怎麼可能。他自己並不曉得，是我個人的分析。」

陣內竟會分析別人……，這是最令我感到驚訝的事實。

可是我緊接著察覺到，明會在速食店跟客人打架，其實追根究底的話，原因是一樣的。他可能把眼前這個不中用、又只會陪笑臉的男客人，跟他父親的身影重疊在一起，才會因看不下去而動手。

「另一方面，他母親又搞外遇。在明的眼中，他父親根本就是個丟臉到連母親都管不住的沒用傢伙。這也使得他越來越自暴自棄。」

「可是，又沒有證據證明他母親確實有外遇，不是嗎？」

「可能性極高啦！」陣內斷言道。「絕對有！」

「那，這又跟大和先生有什麼關係啦？」我把話題拉了回來。

「稍加想像的話，大概就是這麼回事。對明而言，那個叫大和的男性跟他父親剛好完全相反。」陣內不管嘴上還沾有紅豆餡，繼續說道。「他對這個一再換妻的花花公子產生了興趣，想要會他一會。」

「就因爲跟他父親不一樣？」我想起明曾問我「是不是有個一再換妻的討厭男性出現？」這個問題。

「他會不會是視大和先生爲敵人呢？」

「或許他只是想知道這名跟自己老爸截然不同的人，到底長什麼樣子罷了。他才會想說：如果他去，那我就去看演唱會。」

「眞是這樣嗎？」

「有個沒用老爸的難受感覺，我再清楚不過了。爲了做個了斷，只能不斷嘗試啊。」

哦……我不經意地回了他一聲。

「所以啦……」陣內轉身對我說：「你非得來看我的演唱會不可嘍。」

「爲……爲什麼？」

「明不來，我會很頭痛。爲此，你就一定得請大和先生到場。拜託你了。」

「即便你說拜託我，我也……」

就算我面露困惑，陣內似乎也不當一回事。他只注意到我手上的紅豆餅，問我：「泥狀內餡好吃嗎？」

9

隔天，吃了家裁所門口買的便當後，我撥了通電話給大和修次先生。上次調停時，我問過他上班地點的電話，於是直接打到教授室找他。由於我沒想過他的上課時間是如何安排，原本還以為他可能不在，但幸好嘟了幾聲之後，就有人接起電話。

「喂？」話筒另一端傳來修次先生本人的聲音。「我妻子打電話給你了嗎？」他以很平板的語調劈頭問道。

「您太太嗎？沒有……」看樣子他似乎很期待太太會主動放棄監護權。

我向他致歉，並直接切入正題。「請問這週六能與您見個面嗎？」這種簡直像是要找他約會的說法，令我感到鬱鬱悶的。

「這是怎麼回事呢？」教授的語氣顯得更為訝異。

「我有個朋友在玩樂團……」我一邊說明，心情也跟著沉重了起來。這算勞啥子提案啊？這根本就不該是家裁調查官應有的行為。不過，在我狼狽不堪地說完之後，原本沉默不語的修次先生卻出乎我意料之外地回答：「可以啊。」

原本我早有覺悟，可能會被他大罵：「你在說什麼玩意啊！」並掛電話，不料結果令人意外。我再確認性地問：「眞的可以嗎？」

「可以啊。你們一定是想藉機調查看看我究竟是個什麼樣的人，對吧？」

「呃，其實並沒這個意思……」

「無妨。」他很冷靜地回應：「我就去聽聽你所說的演唱會，之後咱們再來好好談一談吧。」

「這……眞的可以嗎？」反而變成是我有點誠惶誠恐起來。

修次先生緊接著辯解：「我看起來可能很古板，但我也是有在聽音樂的啊。」

「您要帶您太太一起來嗎？」我一丟出這個問題，他彷彿陷入沉思似地閉口不語。「不然，您何不帶您女兒一起過來呢？」

「帶純子去？」

「當然啦，您要獨自前來，或是帶女兒來，或是跟其他人來都沒關係喔。」我誠惶誠恐地在話筒的這一端一邊鞠躬一邊說道。

不料修次先生突然加強語調問我：「你所謂的『其他人』是什麼意思？」

我愣了一下，心想：完蛋了。

我這句話並沒有什麼特別含意，但修次先生那種認眞的反應，卻讓我有點在意。修次先生好像以爲我所說的「其他人」指的是他的「外遇對象」。

「我想再確認一次……」我決定趁機深入追問。「您現在是否正與其他女性交往呢？」

修次先生沉默不語。

「這樣說或許很奇怪，但您太太也懷疑您有外遇。可是，若這位女性眞的存在，而您也願意誠實說出來的話，那麼將能夠讓調停進行得更順利。」我說道。

「更順利？」

「例如，我個人認爲您要獨自撫養女兒是很困難的。畢竟您還有教授的工作要做。不過，假設在離婚後，有另一名女性會與您同居，並負起照顧您女兒的責任的話，那就另當別論了。」

「假設……我眞的在與另一名女性交往，這會造成我無法獲得女兒的監護權嗎？」修次先生壓低聲音，並帶有警戒地問道。

哦……原來如此。我大致上懂了。修次先生把裁判與調停搞混了。就法律面而言，不貞行爲可視爲「離婚原因」，如果鬧上法庭的話，在論及賠償金、贍養費及監護權等問題時，的確會是個很不利的要因。不過調停並非如此，調停的目的不是決定誰對誰錯，只不過是提供一個溝通的場合罷了。

聽完我的說明之後，修次先生感到很意外。「原來是這樣子啊……」看來是他太太三代子女士曾吼過：「反正你在外面有女人對吧？乖乖承認吧！如此一來純子就歸我所有了。」導致他誤認家庭裁判所是藉此來判定誰有資格擁有監護權。

「說真的，您若願意誠實告知您現在的狀況及心情，對你我都能有很大的幫助。」

雖然我不是想自誇自己的說辭打動了修次先生，不過花了整個午休時間對談之後，修次先生終於開口承認。「其實，我確實想跟某位女性結婚。」

果然如此……我的心情豁然開朗。陣內的說法可能沒錯，修次先生的結婚對象會一再改變、婚姻維持的時間也會越來越短。而這就是「他的生活方式」。

「當然，我是真心希望能親自撫養女兒長大。」修次先生再次強調道。

事情演變至此，我卻仍然無法從他身上感受到疼愛女兒的熱情，這讓我相當著急。既著急又覺得可惜。我很想問他一句：你真有辦法好好撫養你女兒嗎？拜託讓我看一下你的魄力好不好？

「為防萬一，我能順便聽聽那位女性的說法嗎？」我最後丟出這個問題，因我真的很想知道她有何想法。

修次先生有點含糊其詞地回答：「其實……她也打算離婚了。」簡言之，這兩人都在搞外遇就是了。

「原來如此……」我盡可能不讓他察覺到我的動搖。

「可是，只要你願意與我們談談，相信必能感受到我們是很認眞地在思考有關我女兒，以及我們離婚、再婚的事情。」

隨後修次先生說出了那名女性的姓名及聯絡電話。

我寫著寫著，突然停筆，腦海裡閃過一個念頭。「總之，我週六會到場。」我把修次先生的這句話當耳邊風，心想：原來是這麼一回事啊。

10

Live House位於鐵路旁的某棟雜居大樓的地下室。原本我還有點擔心，以爲那可能是個牆上滿是噴漆塗鴉、裡面擠滿染髮不良少年、菸蒂又掉滿地的灰色地帶，事實上並沒那麼糟。與以前不同，現在的Live House漸漸變成一個很時髦的地方。

走下昏暗、狹窄的樓梯，看見一道厚重的隔音門。拉開門把，一個充滿燈光的水泥空間出現在眼前，幸好並沒有那種一踏進來就令人想轉身離開的不穩氣氛，這也讓我鬆了一口氣。

眼前有個約二十公尺高的舞台，舞台邊聚集了許多年輕人。

我站在入口旁邊的牆壁，明則在我身邊。我跟他約好在車站碰面，然後一起來到這裡。他臉上沒有笑容，雖然神情有點緊張，但也沒有開口訴說對陣內的不滿或老爸的壞話。我跟他閒聊，他也只是有一句沒一句地搭腔。距演唱會開始，還有一小段時間。

明開口問我：「大和先生眞的會來嗎？」

我回答：「應該是快到了才對，」腦子裡同時在思考著該如何打開話匣子才好。想到最後，我丟出一個問題：「見到大和先生之後，你打算怎麼辦？」

「沒怎麼辦啊。」

由於他回答得很不乾脆，我決定放手一搏。「你很想看看他到底是個什麼樣的人，對吧？」

「什麼？」明的雙眼眨了好幾下。

「你想知道他跟你父親之間到底哪裡不一樣，以及你母親爲何會跟他搞外遇，不是嗎？」

明的神情僵硬、臉頰抽動、目露怒色。「你怎麼知道？」他小聲說道。

前幾天講電話時，修次先生說出現在正交往的女性之名。該名女性已婚，姓「丸川」，跟明的姓氏一樣。若只是偶然，那未免也太巧了。

被我這麼一問，明起初很不愉快，但過了一會兒，他緩緩開口說明事情經過。

「有次我打工完，在回家路上看到我老媽跟一名中年男性走在一起。」、「原本我就覺得她可能有外遇了，所以並沒那麼吃驚。」、「我只是很不經意地跟在他們後面，並得知那名中年男性姓大和。」

「是你將此事告訴大和先生的太太嗎？」我說出我的推論之時，明以有點佩服的眼光看著我，似乎是在稱讚我：哦……連這你也知道啊。隨後他又繼續說：「做太太的不知道先生在搞外遇，未免也太可憐了吧？所以我打電話告訴她這件事。一開始她並不相信我的說法，但後來她總算是相信了，而且非常地生氣。因爲我對家裁所很熟，知道你們也在處理離婚問題，所以就建議她去家裁所申告離婚。」

這大概就是導致修次先生的太太會突然說出「不讓出監護權」的原因吧。三代子女士在得知修次先生的外遇行動後，開始耍起脾氣。或許是對自己又落得跟他前妻同樣下場一事，感到很不甘心吧。所以她才會主張絕不把女兒讓給丈夫。一定是這樣沒錯。

「你爲什麼要她到家裁所申告離婚呢？」

「家裁調查官，不是都很會看人嗎？」明低頭看著鞋尖，企圖掩飾自己的難爲情。

「呃，其實也還好啦……」我含糊其詞。我們很常誤判少年們的眞正心思、很常被瞧不起、也很常被他們利用。硬要說的話，我實在很不會看人。畢竟我之前曾有個很糟的經驗，就是從頭至尾都相信某位僞裝成少年父親的男子確實是該名少年的親生父親。

「陣內先生平常都很囂張地說：『沒什麼事瞞得過家裁調查官的雙眼啦！』」

「那個人……」我苦笑著回答：「他比較特別一點。」

「他果然比較特別啊？」明的臉上反而露出了安心的表情。「我還以爲只要是調查官，就能看穿那個叫大和的老頭子是個什麼樣的人呢……」

「原來你心裡是這麼想的啊？」害明失望的責任，就這麼壓在我的肩頭上。「不過，大和先生他也差不多快來了，你可以用自己的雙眼好好觀察他，也可跟他聊聊啊。」

「說的也是。」明他本人好像也很煩惱該怎麼做才好。

客人開始變多，有面露興奮神情打開大門的女高中生，也有像是上班族的女性出現，想著想著，又有一群體格很棒的男性從我們眼前經過。

就身邊客人們的對話內容看來，他們大多不是衝著陣內所屬的樂團而來，而是後面那個樂團的樂迷。我看了看貼在入口的宣傳單，才知道那雖是個業餘樂團，不過頗具實力，他們自行錄製的ＣＤ也獲得相當不錯的評價。

舞台上有人出現了。他們背著樂器，開始調整揚聲器與麥克風的位置。我仔細一看，站在我正對面右邊位置的正是背著一把黑色吉他的陣內。

他們開始調音。而或許是我多慮了，總覺得觀眾們的雙眼都亮了起來，興奮的火種似乎慢慢地蔓延開來。叮、叮的吉他聲震撼了我整個人。而迴盪在體內的貝斯聲，則使地板都爲之搖動。

我咋了舌，心想：待會兒一定會相當吵鬧。修次先生說不定一踏進這裡，馬上會以他慣有的冷靜聲調說：「這種吵鬧至極的地方，根本就沒什麼可取之處嘛！」然後轉身走人。

「這個樂團的成員……平均年齡還蠻高的呢。」聽到明這麼一說，我的視線隨即回到舞台上。

這個樂團共有四人，正中間是主唱、陣內站右邊、左邊是貝斯手、後面還有個鼓手。他們的確都已超過「大哥哥」的年齡，叫他們「伯伯」反而還比較恰當一點。不過身穿暗灰色合身西裝的他們，看起來反而十分瀟灑。

其中瞪大眼睛、面露嚴肅神情的陣內，更是像樣到極點。他身邊那名握著麥克風的主唱，雖因戴著太陽眼鏡而無法窺探到其目光，但那頭往後梳的教父頭實在很適合他，全身散發出一股老搖滾樂手的氣勢。

雖說他們只是助演，但觀眾們卻也開始對這四人的張力……不對，應該說是這個搖滾樂團有所期待，遂逐漸往舞台前聚集。

自此時開始，接連發生好幾個狀況。

首先是我身旁的門慢慢打開，我回首一看，是修次先生，我抱著有點複雜的心情，向他打了招呼。

眼前的光景，也就是因演唱會即將開始而興奮不已的年輕人群及熱鬧的氣氛，還有舞台上的搖滾樂手們的身影，使修次先生眼睛瞪得老大。他朝我這邊走來，面露困惑之色。我向明使了個眼神，才走向他。

「啊，這是您女兒嗎？」我出聲道。有個小女孩躲在修次先生的右手邊。她不停看著四周，臉上帶著夾雜好奇心及害怕的神情。

「妻子說要出門，我就帶她一起來了。」修次先生噘嘴說道。

我心想：他該不會是爲了讓我產生「這個人與女兒的關係不錯」這樣的印象，所以帶他女兒一起來吧？

「在這麼吵鬧的地方，實在是……」修次先生邊指著自己的耳朵，邊皺眉說道。

我正想開口說「我們到外面去吧」之時，事情就這麼發生了。

演唱會開始了。室內的燈光變暗，引起一陣小小的騷動。隨後吉他聲響起，我感受到自己全身爲之一震，觀眾們也開始動了起來。台上的演奏震撼力十足，瞬間席捲了所有的旁觀群眾。

不過我所注目的並不是舞台，而是在我身邊的修次先生。

事情雖然發生在轉眼之間，但我卻目睹了整個過程。

當室內變暗、演奏開始、年輕人們開始狂叫跳躍之時，修次先生突然丟下手中的公事包，蹲下來抱住了自己的女兒。

他宛如化身為盾牌，只為了保護女兒不受到任何騷擾及災害。這真的是他在瞬間所做出的動作。

目擊整個過程的我，不曉得該說是感動、是發現、或是訝異，總之我嚇了一跳，心想：「搞什麼啊……其實他是個很稱職的父親嘛！」

這才不是什麼經分析之後，認為是正確或不正確的答案。修次先生他下意識地想要保護他女兒。而我認為這正是他配當一名父親的資格。

修次先生緩緩起身，從女兒身邊退開一步。小女孩並不知道到底發生了什麼事，不過看來她並沒有感到很害怕，反而表現出像是在參加祭典之類活動的欣喜神情。修次先生見她那麼高興，跟著鬆了一口氣，我也安心許多。

這種想法或許很單純，但我得出一個結論：應該可以相信修次先生才對。因他那拚命想要保護女兒的舉動，絕非虛假。

雖然調停之路漫長，不過我想試著說服他太太。我相信他太太只是因一時氣憤才會堅持不放，而慢慢安撫她的情緒，不正是我當爲之責嗎？

我心不在焉地看著修次先生父女，心想：總算是解決這件事了。

「武藤先生。」有人拍我的肩膀，我回頭一看，是明他一直盯著舞台，還伸手過來拍我。

「怎麼啦？」我邊說邊看著前面。

演奏仍然持續著，是〈I SAW HER STANDING THERE〉。跟我聽過的披頭四原曲比起來，舞台上的聲音顯得更渾厚，速度也快一點。

吉他的速彈，刻劃在現場所有觀眾身上；嘶啞的嗓音，則配合著吉他飛馳而出。那極適合龐克搖滾的粗獷歌聲，將英文歌詞遍灑在Live House內。不同於一般的叫喚，那是一種扣人心弦且極具魅力的歌聲。

觀眾們也因超乎他們期待的激烈演奏，以及搖滾樂所帶來的快樂，而興奮不已。

說實話，當時的我早已忘記還在我身後的修次先生，醉心於全場飛舞的搖滾樂音之中。

「好棒、超帥的！讚到不行啊！」明也尖叫道。由於現場很吵，我並沒有聽得很清楚，不過他應該是說了這句話才對。

雖有點不甘心，但很有節奏感地搖動著腰際那把吉他的陣內，眞的是勇猛又優雅。

「那個主唱大叔也很帥氣呢。」明緊接著說道。

我也表示同意，雖然他的動作並不大，但這名靠著麥克風架、不斷飆出高亢歌聲的主唱，確實很氣宇軒昂。

「啊！」不久，明突然大叫一聲。在我還沒搞清楚狀況之前，他逕自撥開觀眾群，朝著舞台走去。

怎麼回事？到底怎麼啦？——我腦海一邊浮現這些疑問，一邊慌張地跟了過去。明的目光注視著舞台，我也反射性地想到一些事情。

「這次，我找到一個很棒的歌手喔！」幾天前在居酒屋的時候，陣內曾這樣說。

「倒不如說是明他老爸比較令人在意啦。」當我詢問他做出試驗觀察這個決定的理由時，陣內如此回答我。

「最近他都很晚回來，有時連聲音都變得很沙啞呢。」說到他父親的近況時，明曾這樣抱怨過。

「要是上梁夠正，下梁哪會歪掉。」這是陣內在將近一年前說過的話。

我又回想起他那句名言。

「我們在創造奇蹟。」

明停下腳步。一直注視著眼前賣力演奏著披頭四的曲子，卻散發出不同於披頭四之魅力的搖滾樂團。

經由人手所引發的，究竟能不能稱爲「奇蹟」，這我並不曉得。但正如陣內所說，將定義範圍擴大到極限之後、就廣義而言，讓一名少年改過自新，似乎也可稱爲是一項奇蹟。

我沒料到眼前隨即將產生戲劇性的變化，不過明卻當場說出一句可視爲是奇蹟發生前兆的話，並有點不好意思地大笑起來。

「我就知道……，武藤先生，那個主唱是我老爸啦。」

孩子們

05

內在 *IN*

1

這應該是……檜木吧。

摸到椅面時，我腦中立即浮現這個猜想，大概是因爲記起去年夏天的回憶了。那次優子開著租來的車子載我到福島玩，途中停靠在一個公園旁休息散步時，一位路過的婦人告訴我：「因爲檜木容易加工，所以常被用來做成長椅。」之後每當我坐在長椅上，就會聯想到檜木，也會想起那名婦人如水果乾般觸感的嘶啞嗓音。

我伸手確認將坐下的地方，再緩緩地坐下來。即便隔著牛仔褲，我還是感覺到了臀部下的涼意。這張長椅坐起來不算舒服，但還蠻堅固的，很令人安心。我腳邊的貝絲似乎昏昏欲睡。我的右腳恰巧抵著貝絲的脊椎，由於並未裝著導盲鞍，現在的牠完全失去了身爲導盲犬應有的緊張感與集中力。

「我都不曉得屋頂上還有這樣一個地方呢。」優子坐在我左邊說著。她的夾克袖口上的鈕釦敲到椅面，發出了聲音。她的雙手窸窸窣窣地動著，隨及飄過一陣輕風，她好像攤開了一條手帕。

「妳還眞是小心保護那個包包呢。」我說道。

我不知道優子在與我相遇之前渡過了什麼樣的人生，但她好像認爲在椅面繁殖的細菌及黴菌數量多得驚人，所以當她要放置她珍愛的隨身提包時總是會先鋪上一條手帕。可是她自己坐下時卻絲毫不在乎有沒有細菌。

「這個包包可是我昨天才剛買的，而且是限量發售喔！我可是排了好久的隊才買到。很可愛吧？」

「妳說可愛？這個嘛……」那是她爲了紀念十九歲生日而買的包包。她跟我同年，但昨天不是她的生日。她是爲了紀念「我的」生日，才特地「幫她自己」買了這個包包。理由很簡單，當時她說：「這很値得慶祝，不是嗎？」

「要不要摸摸看？」

順著她的提議，我將手伸往左邊，摸到了軟軟的皮革，表面光滑卻又帶有些許粗糙感。我以手掌量了一下，這個包包的寬度約是兩個手掌，高度大概是一個半。它不是肩揹式的，是手提包，因爲我摸到兩條同姆指般粗細的提把。提把的觸感好像不是皮革，是別的材質。「這包包是什麼顏色呢？」

「白色。」

當然，我並不曉得白色是什麼模樣。不過根據她以前教過我的，白色好像跟雪花及砂糖的顏色一樣，還有浪花也是白色的。她告訴我白色是相當明亮、爽朗的顏色。「人偶爾不是會爲了某些事煩惱，心情煩躁嗎？有時在某種契機之下會突然清醒，覺得之前的煩惱沒什麼大不了。像是：『哎呀，原來用不著太在意嘛。眞是太好了。我剛剛幹麼那麼苦惱？』」

「嗯，確實會發生這樣的狀況呢。」

「在這樣的狀況下的心情，就是白色。」優子如此說明。我似懂非懂，不過說不懂就太對不起優子了，所以我回答：「眞是淺顯易懂。」

包包正中間鑲著一個大大的金屬標誌。我仔細觸摸後知道了，原來是連我也聽過的名牌。我問：「貴不貴？」她有點自豪地回答：「雖然很貴，但是它的可愛已超過價格了。而且啊……」

「而且？」

「它是限量發售品。」

「這妳剛剛已經說過嘍。」

「沒人告訴過你，重要的事得重複說，好讓自己記住嗎？」

如果這眞是重要的事，我是會這麼做啦……

2

「這裡是我們常來的那間車站前的百貨公司嗎？」我轉轉脖子，感受周遭的聲音及空氣。烤熱狗的香料、油脂及蕃茄醬氣味鑽進我的鼻子裡，遠方隱約傳來救護車的警笛聲。這個城市總是這麼地忙碌、喧鬧。還帶有些許寒意的四月微風沁涼地圍繞在我脖子上。剛剛走路的時侯還感覺得到暖和的陽光照在臉上，現在我們大概是走進了陰影下吧。

「沒錯，就是我們常來的百貨公司。」優子說出百貨公司的名字。「我在仙台住了十年以上，卻不曉得原來這間百貨公司的頂樓還有這麼個地方，實在蠻有趣的。」

「這裡是否擺了許多長椅啊？」

「是啊。」優子似乎換了個坐姿。她總是扮演著代替我雙眼的角色，我眞的很感謝她；但也爲自己的詞窮感到很悲哀。我除了「謝謝」，居然想不出其他話語來表達我對她的感激。

長椅下理應睡著的貝絲小聲地低嗚著。當優子在當我的眼睛時，牠偶爾會做出這樣的反應。

雖然優子有點得意：「這是因爲牠知道身爲導盲犬的任務被我奪去了，所以很嫉妒我。」但我認爲這是貝絲給我的忠告。貝絲似乎在對我說：「別以爲這樣的情形能永遠持續下去，不一定會有人肯一直充當你的雙眼啊。這個叫優子的人或許會離開你，千萬別把現在的狀況視爲理所當然，這是特別的。畢竟連我也不一定能永遠陪在你身邊啊。」這可能是牠對我提出的警告吧。所以我總是告訴自己：這是很特別的。優子與貝絲不可能永遠幫助我。

不過，我偶爾還是會有種天眞的想法，希望這特別的時光愈長久愈好。

3

「前面二十公尺遠的地方有個扇形舞台，許多長椅圍著舞台依序排開。我們坐的是最後面、最右邊的長椅，所以舞台在我們的……」

「十點鐘方向？」我先講出了答案。我父母最先教導我這個看不見的人的就是時間的概念及時針的位置。雖然沒什麼特殊理由，但滿受用的。

「對對，剛好是十點鐘方向。」優子輕聲回答。

我集中精神聆聽，許多人的說話聲重疊，聽起來像是弦樂器的演奏一般。經過我身旁的鞋子聲、還有在我右手邊傳出摺紙袋的聲音，我將注意力轉向孩子們的聲音。孩子們年紀雖小，但說話聲音卻很大，很容易掌握。除了有「人家想買蛇」的撒嬌聲，也有「想跟熊熊玩」這種懇求的呢喃聲，還有「有……有、有火雞耶」的驚訝聲。聽到這些話，害我誤以為我們在動物園裡，連忙嗅了嗅周遭的氣味，結果當然是聞不到動物的體味。

「那邊有人在賣蛇模樣的氣球啦。」優子如此回答我的疑問。

「熊熊呢？」

「一隻黃色的熊在舞台旁發氣球。」

「原來如此，那火雞呢？」

「還有一間賣烤雞的攤販，那孩子應該是在說那間攤販吧？」

「不過……把烤雞叫成『火雞』，這好像有點不對勁。」

「但叫成『火雞』總比『燒雞』像孩子會說的話吧。」優子這麼說。

我察覺到十點鐘方向傳來一陣管樂器的聲音。而且不只一種樂器，有好幾種混合在一起。

「舞台那邊有什麼活動了嗎？」

「好像是國中生組成的管樂團要表演，他們正在準備上台。」

「陣內在那裡嗎？」我邊說邊試著想起陣內帥氣地彈著吉他的模樣。我當然不曉得陣內的長相、也不知道吉他的外形，只能靠優子的說明、陣內為我演奏時聽到的感覺，以及我曾一度抱著這種樂器的觸感形象等條件來綜合想像一下。

「沒有吧。那應該是學校的社團活動。」從優子的臉部周邊吹來一陣輕風。想必是她觀看周遭情形而左右擺動頭部，而頭髮也跟著左右搖晃所致吧。輕風中夾帶著肥皂及橘子的香味，這是優子最近買的洗髮精香味。

「不曉得陣內何時才會出場？」

「不過，又沒人說他就是在這裡演奏，只是我們主觀認爲是在這裡。說不定他正在其他地方閒逛呢。」

「若眞是如此，我們大概很快就能發現他吧，畢竟百貨公司的屋頂上並不算大啊。」我剛說完，優子就有點佩服地接著說：「永瀨，你果然記住陣內的腳步聲了？」

我只能依賴聽覺及嗅覺，大多數時都是靠著聲音或氣味來認人。我除了利用步伐或地面震動的強度來判斷來者是誰，還可以依照對方接近我的速度來推測是否是熟人。而我對察覺陣內的腳步聲，非常有自信。

「這也是原因之一啦，不過更重要是陣內很吵，他若在這附近我們肯定會知道。」

「你說的對。」

4

我們剛剛才跟另一名朋友——鴨居一起去仙台市區的服裝店。鴨居邀我陪他一同前往。「我想買件衣服，能請你幫我選一下嗎？」

「竟然會對眼盲的我說『幫我選一下衣服』，你這人還眞是好奇心旺盛呢。」我這樣回答，他馬上隔著電話說：「上次你一摸我穿的T恤，馬上就說『這是便宜貨』，你猜對了唷。」

「啥？眞的猜對啦？」當時那只是句玩笑話而已耶……

「我當時就決定，下次買衣服時一定要請你幫我選。」

我並不是什麼布料專家。不過，反正我很閒，這聽起來好像蠻有趣的，我也不是不能裝成熟識布料的老手。所以我答應了，並開始準備帶貝絲出門，於是優子說：「我也順道去買些東西吧。」她很理所當然地也開始準備出門。

「妳要來嗎？」

「眞是不幸，我找不到不要去的理由啊。」她的語氣聽起來一點都不像不幸的樣子。我差點脫口說出：妳昨天不是才剛買了個包包嗎？

鴨居挑的那件T恤是以很緊實的材質縫製而成，觸感讓我這麼覺得。這次我不打算開玩笑，我很誠實地說出自己的感覺。鴨居一聽，隨即決定要買那件衣服。他的決斷能力眞是非常令人敬佩。

我認識鴨居及陣內的過程非常奇妙。說穿了，是因爲一年前我被捲入發生在仙台市的銀行搶劫案。

那眞是一次奇特的體驗，現在我仍時常想起當時的狀況。

我們被當做人質，在銀行裡被關了好幾小時，但我並未特別害怕。一方面是因爲我感受到搶匪並沒有殺害人質的意圖，更重要的是因爲當時在我身邊的鴨居與陣內顯得非常冷靜。

我說出了我個人對這個案件的臆測，鴨居很認同我的說法，陣內則是生氣地吼道：「我搞不懂啦！」這種反應至今依舊沒變。

走出服裝店後，鴨居跟我們道別。優子問他：「對了，陣內人呢？最近好像都沒看到他。」

鴨居一臉露骨的厭惡，應該是啦。雖然我看不見，卻能感覺到他身旁的空氣流動好像用手搓揉著紙張似地產生了扭曲變形。

鴨居回答：「我又不是陣內的管理人。他的事請別問我了好不好？」

「可是你跟陣內的感情不是不錯嗎？」

「感情不錯？」鴨居顯得相當驚訝，好像這是他有生以來第一次聽到有人這樣形容他及陣內的關係似的。

「你們是好朋友，沒錯吧？」

「這個嘛……」鴨居稍微思考了一下。

「怎樣？」優子及我同時催促他回答問題。

「我舉個例子好了。有個孩子討厭土司邊，因爲土司邊很硬。而這孩子是會先吃掉最討厭的東西的那種性格，所以每次吃土司時他會先吃掉土司邊，再慢慢享受剩下的柔軟麵包。」

「然後呢？」

「有一天，看到孩子急忙啃著土司邊的父親說：『看你吃得那麼快，可見你眞的很喜歡土司邊嘍。』」

「哦——」優子不禁發出聲音。

「我現在的心情就跟聽到父親這麼說的孩子一樣，非常困惑。」

「我不太懂你在說什麼……」我側著頭。

「我可以理解。」優子笑了出來。「對鴨居而言，陣內就像是土司邊。」

「沒錯。」

「可是啊……」優子隨即補上一句。「你會搬出這種奇怪的比喻來說明，證明你已經受到陣內的影響了。」

「啥？」我明顯感覺到鴨居往後退了好幾步。「不會吧？」

「的確，優子說的很對。」我朝著似乎是鴨居站著的方向說：「確實有這種傾向。」

「怎麼可能……」

「我就說你們的感情很好嘛！」優子得意地點著頭。

這段對話結束後，鴨居像是認命地告訴我們：「陣內前天起就在百貨公司的頂樓打工。」

「哦？什麼樣的打工？」面對優子的問題，鴨居回答：「這我眞的就不知道了。大概是在舞台上唱歌吧。」

「我好一陣子沒聽到陣內的演奏了呢。」我邊說邊回想起一年前陣內在銀行內唱歌的情景。

「我一點都不想聽。」鴨居斬釘截鐵地說。

「爲什麼？」

「陣內很會給旁人惹麻煩，你們都不會想對他生氣嗎？」

「我覺得你這句話就跟『天空在頭頂上』沒什麼兩樣。」優子馬上回答。

「不過，他彈奏的吉他確實蠻棒的，對吧？」鴨居不太甘心地說出這句話，像是被逼入絕境的政治家收回失言一樣。

「對啊。」優子也很同意。

「但那也正是我討厭他的地方。」

「因為他只是土司邊，卻那麼囂張嗎？」我話一出口，鴨居馬上回答：「就是這樣！」

「可是，我還蠻喜歡陣內彈奏的吉他，所以咱們過去聽聽吧。」優子宣告結論，因此我們來到百貨公司頂樓。

5

舞台那邊傳來長號的聲音，有人在舞台中央拿著麥克風念出演出樂團是哪個國中。看樣子並沒有陣內出場的機會。我察覺到貝絲一瞬間抬起頭來，確認過聲音的來向之後又趴下去繼續睡。

「我去買個飲料好了。」優子起身問我：「你想喝什麼？」

「咖啡。」我並沒有特別愛喝的飲料，不過能同時享受咖啡的香味會讓我覺得比喝其他飲料划算。

優子說：「瞭解。」隨後傳來一陣鈴聲，是掛在她錢包上的鈴鐺。她的鞋子敲打地面的聲音，鈴鐺搖動的聲音，往右邊一點鐘方向逐漸遠去。她髮梢的香味也隨之變淡。

優子還沒回來，但過了不久有另一陣腳步聲接近我。這個腳步聲的步伐距離很小，鞋子敲打地面的聲音很鈍，我很清楚這個人並非優子。當然也不是陣內的腳步聲。有點緩慢並夾雜著警戒與觀察的靠近方式，顯見腳步聲的主人並不認識我。

「好可愛喔。」女性的聲音從我左邊傳來，由於聲音從鸞低的位置傳來，所以她可能彎著腰。

我猜她大概是注意到趴在長椅下的貝絲吧。

「牠是拉布拉多犬。」雖然可能有點雞婆，不過我還是主動開口了。

她站了起來，意外地「咦」了一聲。

「妳是指這隻狗很可愛，對吧？」我很疑惑，她應該不是在說我吧。

「呃……嗯，是啊。」她很明顯地在掩飾自己的慌張，隨後又馬上表現出和善的態度，開口問我：「你自己一個人嗎？」

「下面還有一隻狗，另一個人則是暫時離開一下。」

「哦……」她說著說著，就坐了下來。一陣微風將夾雜在她髮絲之間難以形容的藥物氣味送至我臉上。

我知道她正以查探的眼神注視著我。

雖然我戴著墨鏡，不過從側旁仔細看，還是能發現我的眼睛並未張開。在此之前我總是戴著傳統的墨鏡，但優子說那樣子看起來不夠時髦，她很討厭，所以我改戴這副鏡框較細的墨鏡。不對，應該說是她幫我換的。「不管換哪種，反正我都看不到，也就無關緊要了啊。」起初我委婉地拒絕她的提議，不過優子毫不理睬我說的話，還說：「這副肯定很適合你，而且你該不會認爲打扮時髦是爲了別人而做的吧？」

「你該不會是那個……，眼睛看不見吧？」身旁這位女性的語氣既非開門見山、亦不算委婉。她以中庸的表達方式問我這個問題。

我早就非常習慣回答這個問題了。這十九年來已有數不清的人問過我，今後也必定會持續下去吧。就跟姓名奇特的人在向他人自我介紹時，都會得到「你這名字眞是特別」這個回答的道理一樣。

我面向旁邊，也就是聲音傳來的方向說：「是啊，我看不見。」

「哦——」她以更爲曖昧的音調回應。這是個留有稚氣的聲音，而且她未經同意就坐在我旁邊，還不怕生地跟我談話，種種舉止給人年輕的感覺。我猜她大概是個十幾歲的女孩子。我從聲音傳來的地方來判斷她嘴巴的位置，她應該長的蠻高的，年齡約十五歲以上，比我年輕。

「沒想到你是個瞎子，眞是難爲你了。」她繼續說道。

「是啊。」我這樣回答的時候總是希望對方聽起來覺得我是很輕鬆地說。「還過得去嘍。」

「哦……」她又問我：「你完全看不到嗎？」

「嗯，完全看不到。」

「眞的？」她的聲音裡好像帶著期待。她應該是希望聽到我回答「眞的什麼都看不到」吧。

「我連妳燙的捲髮都看不到喔。」

「咦？」她屏住氣息的反應眞的很有趣。「你……你怎麼知道？」

我面露微笑。「剛剛妳坐下來時我聞到一種很特別的氣味，那是燙髮液的味道吧。所以我猜妳在不久之前應該去過髮廊。」

「好厲害喔——」她嘴上雖然這麼說，卻沒有很驚訝。她的注意力好像被別的東西吸引住了。「那……你猜得到我頭髮的顏色嗎？」

「肯定不是黑色。」

「太厲害了——」

「如果是黑色的話，妳絕不會問這個問題。」我並未補上一句其實我不瞭解何謂黑色。

「大哥哥，你眞的好聰明喔。」我無法判斷她是眞心佩服我，還是只是隨口說說。

「妳獨自一個人來這裡玩嗎?」我並不是特別想知道關於她的事，只是覺得她既然坐在我身邊，我就有義務陪她聊天。

「這……」她稍微停頓一下，然後繼續說：「倒不如說，我今天是來這裡演奏的啦。」

「哦，在舞台那邊，對吧?」我指著十點鐘方向說道。

「我們學校有個管樂隊，今天要在這裡表演。」

「那妳還跑來這裡，沒關係嗎?」

「我猜我爸爸可能會來看我演出，所以我在找他。」

「希望他真的來了。」我不加思索地回應。但是她笑著說：「剛好相反!每次只要我們樂隊有演出，他就說他會來看。有夠丟臉的，你不覺得他太誇張嗎?」

在這世上，我無法推測的煩惱肯定多到不像話。「可是，今天不是假日耶。」

「我爸爸是個人計程車司機，他的上班時間自由得很。」說完之後她故意伸個懶腰，站起來對我說：「好啦，我也該告辭了。」又對貝絲說：「拜啦，打擾嘍。」

此時我遲疑了一下，不曉得是否該叫住她。但我還是開口了。「不好意思，能麻煩妳把那個包包放回長椅上嗎?」

要是包包被妳偷走，我想必會被優子狠狠罵一頓。

6

她「咦」了一聲，停下腳步，並微微驚訝地問。「你看得見嗎？」

「剛剛妳起身時，在長椅上的手帕跟著飄了起來，碰到……，應該說是飛到我的膝蓋上。總之，我猜那應該是優子事先鋪在包包下面的那條手帕。」

她不發一語，大概是在確認手帕掉在什麼地方吧。

「優子是跟我一起來這裡的女孩子。她剛好去買飲料。而剛剛她離開時我聽到鈴鐺聲，是掛在她錢包上的鈴鐺。由於我聽得很清楚，可見她從包包裡拿出了錢包帶走。換言之，包包應該還放在長椅上。但當妳站起來的時候，手帕飛了起來，我猜會不會是妳拿走了包包……。我有說錯嗎？」我儘可能以不會令她不悅的口氣說明。

她一開始接近我時脫口說出的「可愛」，並非指貝絲，而是這個包包。她大概很喜歡這個孤伶伶地放在長椅上的包包，並希望能夠設法把它帶回家去吧。遺憾的是，在得知我是個瞎子之後更促使她決定這麼做。

「說真的，那個包包並不是我的，就算妳拿走它也不會造成我的困擾。不過，我記得那個……好像是限量發售的。」

「對不起……」她沮喪地回應我。沒想到她會如此輕易認錯，我反而嚇了一跳，不自覺地回答：「沒……沒關係啦。」我已想像得到優子怒氣騰騰地說「哪來的沒關係」的神情了。

「真的很對不起。」她慌張地低頭致歉，我感覺到空氣振動，燙髮液的氣味跟著飄散開來。

「妳只要把包包放回原位就好了。」我指著我的左邊。

「你好像什麼都看得見呢。」她的聲調恢復正常，好像已忘記剛剛被我拆穿的尷尬。「請問壞事是不是都瞞不過你？」我不曉得這是否代表她有所反省，但她改用敬語與我說話。

「我什麼都看不到。不過，我相信一定有其他人看到。」

「其他人？」

「天神啊……」說出這個字彙讓我覺得丟臉，便立刻又說：「例如限量發售品的天神啊。」

「你是指GUGGI的神明嗎？」

「沒錯沒錯。」我話剛說完，隨即感覺到她動了起來。她彎下腰，把東西放回長椅上時發出了聲音。看樣子她是把包包放回原位了。

「謝謝妳。」我微笑著。她貼近我的臉，很興奮地說：「大哥哥，你好帥氣喔！既溫柔又沉穩，還很聰明。」

「不過，我看不見就是了。」雖然沒有自卑的意思，但我還是聳了聳肩。她毫不遲疑地更貼近我的臉說：「這就是你更特別的地方啊。」我無從判斷這究竟只是句如字面意義的發言，還是另有深意。

接著她「唉」地嘆了口氣，似乎注視著我身後某處。「我發現我爸爸了。」

「開個人計程車的爸爸？」

「嗯，他還真的來了。我都事先對他說過，叫他別來了，他怎麼還是……」她大概是打從心底不高興。「我去趕他離開。」這話聽起來簡直就像是要拿石頭丟烏鴉一樣。

我不曉得該怎麼回答才好。既不能鼓勵她這麼做，也無法幫她父親說話。

「拜啦。」她飛也似地跑走了。

我用右腳碰了一下貝絲，看樣子牠好像一直在睡覺。竟然連看守的工作都做不來。

我伸出左手，摸到了包包，確實是優子的包包。我拉到腰邊，這樣就不會被優子臭罵一頓了。

在我沒注意的時候，舞台上的演奏結束了。周遭響起稱不上熱情也不算是禮貌性的掌聲。再加上附近的長椅傳來人們起身的聲音，讓我覺得有點吵。

7

我怎麼會沒察覺到陣內走近呢？

這眞的讓我非常訝異。我自認對熟人的腳步聲與氣息相當敏感。雖然我感覺到有人朝我走來，不過聽起來並非陣內的腳步聲，所以我沒特別注意。大概是我在發呆吧。

「你來啦？」我身旁傳來有人粗魯地坐下的沉重聲響，使我突然回過神來。

「陣內？」

「沒錯，正是我陣內。」他毫不客氣地念出自己的姓。「還眞巧呢，在這裡遇見你。」他好像放了個東西在長椅上。

「我聽說你在這裡打工，所以來找你。原本還以爲你會在舞台上演奏呢。」

「哪來的演奏啊！眞是夠了，早知道我就不接這份打工了。『輕鬆工作賺不了錢』這句話說得眞對。」

「你以前以爲是騙人的嗎？」

「是啊。」陣內既直率又傻愣愣地回答我。「實在是累死我了。」

「你今天負責賣果汁及食物嗎？」他剛剛好像有說他是銷售員。

「應該算是吧。」陣內粗魯地回答我。他連話都懶得說，散發出一股疲憊感，還蠻稀奇的。

「你今天不太像平常的你耶。」

「是啊，今天我的確不像我自己。」

「你說的話眞是令人難以捉摸。」

此時陣內一語不發，大概是在看我吧。

「怎麼啦？」我話才出口，陣內便笑了起來，以銘感五內的語氣對我說：「原來這世上也有你解不開的謎啊？」

「我覺得這世上的一切都是謎。」

「騙人！」陣內大聲地說：「你幾乎知道所有的事。雖然說你的眼睛看不見，其實你什麼都看得很清楚！」他的嗓門原本就很響亮，所以雖然他不是用吼的，音量還是大到能傳得很遠。

這句應該是沒有惡意的話好像連蠻遠的人都聽到了。周遭的聲音宛如被覆蓋上一層空氣薄膜似地逐漸變小，附近長椅上的人都停止了談話，我感覺到來自四面八方的視線。「該不會有很多人看著我們吧？」

「還好啦，是有幾個人看著我們沒錯。眞是沒禮貌。」

「一定是覺得我這個瞎子很稀奇吧。」

「你別傻了。」陣內淡淡地說：「他們是在看我啦。」

我聽見前面及右邊傳來類似翻報紙、以及平靜的波浪緩緩沖洗著岸邊砂粒的微弱聲響。雖然我聽不到他們在說什麼，不過應該是我們附近的人在竊竊私語。

陣內很不高興地說：「怎麼突然傳出窸窸窣窣的聲音，吵死人了。」

「他們大概是在討論我吧。」這是我唯一想得到的理由。

陣內以告誡的口氣對我說：「你這就叫自我意識過剩啦！永瀨，你是個稀鬆平常的普通人，世人注目的是那些更特別的人啦。」

「你所謂的特別是指？」我邊笑邊問他。

「例如……，不是有一種人面魚嗎？」

「我好像曾聽電視新聞報導過。」即使聽到有人面魚這種生物，我也不會感到驚訝。

「不是還有下半身是動物、上半身是人的玩意嗎？」

「那個……叫半人馬對吧？」優子曾經提過。

「我問你，那玩意應該算一個人，還是算一匹馬？」

「不知道。」陣內這個奇妙的比喻讓我不知該如何回應，卻又覺得很有趣。「不過，你又不是半人馬。」

「不，我很接近了喔。」陣內這個人了不起的地方就在他能以很認眞的語氣說出這種話。

「我是很特別的存在，所以旁邊這些湊熱鬧的人全注視著我。」

「好吧，你說是就是嘍。」我兩手一攤，擺出投降的姿勢。「你很特別，大家都是因爲在意你這個人，所以才會竊竊私語。」跟這種任性大王在一起，還是乖乖配合比較輕鬆。

「本來就是嘛！」

過了一陣子，周遭的私語聲消失了。舞台那邊再度傳來樂器聲，大概是下一個出場的國中生樂隊在準備。

「優子也跟我一起來了，不過她怎麼遲遲未回呢？」我集中精神聆聽，這種感覺就像是爲了聽取遠方的聲音而在耳上加一個集音器。

這種時候我會覺得自己好像是站在河川當中，讓我回想起國小露營時，站在流經谷底的河川之中的感覺。

流水不斷從我身旁流過，有時覺得好暖和，偶爾又覺得冰冷。周遭的聲音也是，人聲、音樂、雜音及噪音都不斷地從我身邊穿越，其中有一大半是風聲、車聲或是遠方隱約傳來的對話聲。當這些聲音從我身邊經過時，我從中挑出我所需要的聲音，就像用手撈起在河裡游來游去的魚兒、掉在河床上的小石子、飄在水面上的樹枝或是水生昆蟲一樣。有些聲音得聚精會神才挑得出來，但有些聲音輕易地就能過濾出來。

行經鬧區時，我會覺得像是站在發出隆隆聲響的濁流中；走在深夜寧靜的人行道上則有如立於潺潺細流之中。

總之，我是這樣掌握住聲音的。所以當我發現有些聲音我擷取不到時，我總會不自覺地伸出手，企圖抓住聲音。要是優子沒告訴我，我還眞不曉得一般人並不會做出這樣的舉動。

不久，我改變耳朵聽的方向而轉了轉頭。可是依然聽不到優子的腳步聲。

「我剛剛遇見她啦。」陣內很乾脆地說著，讓我整個人突然放鬆了下來。

「原來你們打過照面啦？」

「是在商店那邊見到的。今天人還眞不少，連買東西都得排隊。大家看到商店前面排了那麼多人，可能會以爲這間店賣的飲料很特別，其實只是因爲工讀生的手腳太慢了。」

「眞的嗎？」

「一些排隊排很久的客人向工讀生抱怨：『爲什麼只是買個果汁居然花了這麼多時間？』於是工讀生又得花時間安撫客人，就這樣不斷惡性循環。」

「優子也在排隊人潮當中？」難怪她遲遲未歸。

「是啊，很不幸地，她剛好在惡性循環的核心地帶呢。我還刻意走過去拍拍她的肩膀，跟她打招呼，只是她並未察覺到就是了。」

「但優子應該不可能對你視而不見……」說著說著，我也察覺到腳邊的貝絲好像跟平常見到陣內的反應不太一樣。

貝絲非常喜歡陣內，很黏他。牠雖然對一般人都很友善，不過仍保留了些許堅毅。基本上牠不太會對我以外的人撒嬌，但是陣內出現時，牠就會欣喜若狂，尾巴擺動的激烈程度就跟失控亂噴的水管沒兩樣。

優子總是會歪著頭說：怎麼會這樣咧？

不過我倒是大概知道原因何在。

雖然陣內是人，但他更像狗。說誇張一點，陣內連對第一次看到的狗都會打招呼，還會問牠：「精神好嗎？」簡直就像是見到久違的老友似的。

雖然狗兒的反應我只能用想像的，不過聽到陣內這樣問候，狗兒應該不會不高興吧。

可是貝絲今天卻沒有黏著陣內不放，這讓我覺得很不可思議。雖不至於嗚嗚低鳴，但貝絲繃緊了原本放鬆的身體，連尾巴也不搖了。

不安感襲上我心頭，我轉頭看著左邊，心想：你真的是陣內嗎？雖然聲音一模一樣，但樣子卻怪怪的。或許貝絲早已識破他的真面目了。

8

有腳步聲朝我們靠近。那聲音有如在潺潺溪水中優雅地游動的小魚。是踩著小碎步的鞋聲，速度雖快，但聲音卻很輕，可見對方的體重很輕，大概是讀國小的小孩子吧。就聲音的節奏來判斷，應該只有一個人。其後跟著兩人份的緩慢鞋聲，應該是這孩子的父母親。

「糟……」我聽到坐我身邊的陣內開口說話。

「怎麼了？」

「被抓包了。」陣內移動身子，拿起一旁的東西擺在膝蓋上。那東西揚起了灰塵，好像還蠻大的。

小孩走近後「啊」了一聲，在我的正前方停下腳步。「是狗！」大聲地叫著。

「才不是狗咧！」陣內苦笑著回答，讓我覺得很好笑。「貝絲本來就是狗，沒錯啊。」

「牠在這裡做什麼？」這個孩子說的每一個字都像混進了鮮奶，聽起來相當甜美。是小女孩啊。

「牠在睡覺。」我以教導的語氣回答她，並伸出右手摸摸貝絲。我感覺到貝絲的眼皮是閉著的。

「哦……」女孩子的回應聲朝著地面，抬起頭來之後立即又問：「那這隻狗呢？」

陣內很生氣地回答：「我不是狗啦！」

我心裡正想著陣內很像狗，所以她這個問題惹得我笑了出來。小孩子眞的很容易看透事物的本質。

另外兩個腳步聲停了下來，一定是這個女孩子的雙親。過了一會兒，我聽見一個女人說「對不起」，語氣中混雜著道歉、難爲情及對女兒的可愛感到自豪的情緒，她的聲音有如擺動柔軟布料時所引發的微風，給人溫暖的感覺。

「這孩子，看到什麼都說是狗。」這位像是母親的女人叫了小女孩的名字，並對她說：「剛剛不是叫妳不要亂跑嗎？」

「眞是夠了！我又不是狗。」陣內很不高興地抗議。「她到底是從哪個角度看才會當我是狗啊？」

「是啊……」像是父親的男人笑了出來，我也點頭同意。

「可是你在這裡休息，眞的沒關係嗎？」男人問陣內。

「不穿幫就沒事。」陣內嘆一口如將所有不愉快綁成一串的大氣，接著隨即蒸發掉。

「你一定會穿幫喔。」女人笑道。「繼續坐在這，你肯定會挨罵。」

陣內咂嘴。我心想：他們是陣內的同事或朋友嗎？他們好像知道陣內在這裡工作，還看出他正在偷懶。

之後他們親子三人遠離我們坐的長椅，不過卻掉了個東西在地上。像是金屬的物品掉落時與地面撞擊，發出了聲音。這聲音微弱，既低沉且短暫，很少有人會去注意到。

「陣內，他們是不是掉了東西？」我推測聲音的來源，指著那邊說：「大概是那附近吧。」

「啊，是鑰匙。」陣內回答道。「大概是剛剛那家人掉的吧。」

「能請你拿去還給他們嗎？」

「不要。」

這個出乎意料之外的冷淡回答讓我嚇一大跳，「咦」了一聲。貝絲也突然抬頭，牠依然保持著警戒心。

「不過是撿個鑰匙嘛……」

「我就是不想撿。」陣內一個字一個字地回答我。「我不幹。」

話雖如此，但我又沒辦法撿，期待看來很聰明的貝絲去叼回鑰匙也不可能，因爲卸下導盲鞍的貝絲比任何沒受過訓練的狗還不中用。

於是陣內以他的大嗓門告知那一家人。「你們的鑰匙掉了！」

我心想：與其坐在這邊大喊，倒不如撿起來拿去還給他們還比較快一點。剛剛那一家人停在離我們約十公尺遠的地方，一邊說著「謝謝你們」，一邊往回走。小女孩則是跑了過來，還說：「狗、狗、狗！狗狗在叫！」

呃……，叫你們的是陣內，不是狗啊。

9

陣內起身對我說：「我該回去工作了。」不過優子還沒回來，我沒聽見腳步聲。我問：「你要回去打工啦？」他窸窸窣窣地拿起東西，回了我一句：「差不多啦。」

我正要問他到底在哪裡賣什麼東西，不料一個中年男人的聲音自我背後傳來。「喂！你這樣很讓人傷腦筋。」從他慌張的步伐來判斷，我想可能是因爲生氣或焦躁吧。結果看來是前者。

「你在這裡做什麼！」夾帶著些許懦弱的認眞語氣，他應該是個具有一般常識的上班族。

「你叫陣內是吧？」

「我要回去繼續工作了啦。」陣內很彆扭地說道。

「你躲在這裡休息，我會很傷腦筋。剛剛有客人跑來抱怨，說你坐在這偷懶！」

「吵死了！好啦，是我不對，我道歉嘛！」

我心想：這並不是道歉時該有的態度吧？但同時我也覺得奇怪，爲何陣內在此休息會造成其他客人的困擾呢？

「對不起，是我耽擱了他的休息時間。」我大致知道這個男人站的位置，所以站起來轉向後面致歉。

陣內說：「永瀨，這與你無關。況且現在本來就是休息時間嘛！」

「我想說的是你別在這種地方休息啦。另一邊不是有個員工休息室嗎？」

「是你們說可以讓我上台彈吉他，我才來打工的耶。我來了你們卻說再過不久要舉辦管樂團發表會，叫我做別的工作。我才覺得困擾好不好！」

「拜託，你只是個工讀生，哪有資格這麼囂張地抱怨啊？」

說的沒錯，我內心大表贊同。雖不曉得爲何不能在這種地方休息，但既然這是員工守則，當員工的就得遵守。

我正想對陣內說：「好啦，你就道個歉，快點回工作崗位吧。」沒想到他卻先自暴自棄了起來，大聲嚷著：「很好！那我不幹了！這種工作我才幹不下去咧！」這簡直就跟耍賴的小孩子沒兩樣嘛。

陣內將他手中的東西交給我。雖然我看不見，但感覺得到陣內的動作，便慌張地伸出雙手接住，沒想到這東西大到我得用抱的。咚的一聲，是個表面像是毛巾般，我要張開雙手才能勉強抱住的球狀物。雖然很輕，不過陳年灰塵的氣味鑽進鼻子裡，害我咳了兩下。

我知道陣內要離開了。男人一邊叫著「你你你……」，一邊追了上去。

「我說陣內，這是什麼玩意啊？」我抬起頭，像拋球一樣丟出這個問題。

陣內停下腳步，回我一句：「那是顆熊頭。」

他逐漸遠去的腳步聲果然跟我所知道的聲音不一樣。

10

優子一回來便被我抱在膝蓋上的「熊頭」嚇了一跳。

「那是什麼啊？」她大笑起來。

「是陣內丟給我的啦。」

她把排了好久的隊伍才買到的飲料遞給我。碰到紙杯的瞬間，我立刻感到一股冰涼感。優子說：「熱咖啡賣完了，所以我幫你買冰咖啡。」接過來後我確認了一下吸管的位置。

在喝飲料前，我將她不在的這段期間，發生了與陣內有關的所有事情全部說明給她聽。

「原來如此……」優子邊笑邊說：「陣內他是熊熊啊。」

「熊？」很久以前，優子曾告訴我什麼是熊。那是一種住在山裡、身形很巨大的哺乳類動物，她還加了一句：簡單說來，就像是很兇暴的拉布拉多犬。……真是這樣嗎？

「就是他穿著熊的布偶裝啦，像這個戴在頭上的玩意。剛剛在舞台附近不是有一隻在發氣球的熊嗎？那應該就是陣內扮的。難怪我們一直找不到他。」優子好像很佩服地說道，停了幾秒又語音愉悅地補上一句：「陣內穿著熊熊裝，也就是IN THE BEAR。」

連英文都出現了。

「哦……」

優子這麼一說，我得以釐清幾個疑點。陣內他剛剛走過來的時候一定僅脫掉頭部，下半身還是穿著熊的布偶裝，所以腳步聲跟往常不一樣。貝絲也因此懼怕，因爲聲音雖然是陣內，但身材的尺寸及氣味都走樣了。

「對了，剛剛陣內坐在這裡時，我覺得周遭的人好像都在看我們。」

「想也知道嘛，脖子以下是熊的、脖子以上卻是顆人頭的男人坐在這裡，當然會吸引他人的目光嘍。」

「原來如此……」

「陣內他丟下工作，逕自離開了嗎？」

「他那種態度實在不太好啊。」我邊笑邊說。他剛剛不撿鑰匙的原因，肯定是因爲他穿著熊的布偶裝，所以撿不起來吧。

「陣內他將來眞的能成爲一名安份守己的社會人士嗎？」優子雖這麼說，但好像並不怎麼擔心的樣子。

「我也蠻懷疑的……」

「要是有什麼適合他的工作就好嘍。」

「但說不定他一開始工作，就會變成具有良好智識的成年人呢。」我剛說完，內心同時浮現一個念頭：好像不太可能。

「你不覺得那顆頭很礙手礙腳嗎？何不放下來呢？」優子這麼一說，我突然想到一件事。

「我說優子……」

她好像已含住吸管，遂以吸取飲料的嘶嘶聲來代替回答。

「這附近應該有個躲躲藏藏的大叔。」

「大叔？怎麼回事？」

「他特地前來看女兒的表演，卻被女兒很生氣地轟走。他可能還在這附近。」

「然後咧？」

「妳幫我把這顆熊頭交給他好嗎？只要戴著這個坐在位子上，應該就看不出他是誰了吧？那位開個人計程車的大叔只要假扮成熊，就可以好好地聽他女兒的演奏嘍。妳覺得這主意如何？」

「你是說眞的嗎？」優子勉強憋住笑意，不過她的鼻子及嘴巴還是斷斷續續地噴氣。

「這……我也覺得有點怪怪的啦。」

「會想出這種奇怪的點子，表示你深受陣內的影響。」我好像能夠看到優子伸出手指指著我的模樣。

我肯定因難爲情而臉紅了，雙頰及額頭都熱起來。我心想：算了。就把「熊頭」擺在長椅旁邊。貝絲嚇了一跳，稍稍移動離它遠一點。

「咦？」優子突然驚呼。

我問她：「怎麼啦？」她回答：「陣內跑回來了。」

我「咦」了一聲，隨即聽到一陣慌亂的腳步聲傳了過來，越來越大聲。就像一群大魚浩浩蕩蕩地從小河川上游往下游衝來，導致河水受到劇烈攪動。這聲音並非是一般的鞋聲，我可以肯定陣內還穿著熊的布偶裝，心中同時浮現兩個念頭：他怎麼還在，而且……，怎麼還穿著熊的布偶裝啊？

「陣內，怎麼啦？」優子開口問他。

「永瀨，那個借我。」陣內說道，他呼吸很急促，看樣子是跑著過來的。他走近長椅旁，我聽到拿起東西的聲音。

「那顆熊頭本來就不是我的，你又何必向我借呢？」我苦笑道。

「說的也是，拜拜。」陣內好像急著把熊頭戴回他頭上。

「你要繼續打工嗎？」我剛問完，陣內馬上聲音高亢地回答我：「打工？才不是咧！」我從未見過陣內如此興奮，於是我又問：「到底是怎麼啦？」

「我看到了。」他慌張地回答。

「誰啊？」優子問道。

陣內已經懶得理我們了。他自顧自地說：「都過這麼多年，他居然又大剌剌地帶著高中女生在這種地方鬼混，實在教人無法相信……。人難道眞不懂得記取教訓嗎？」

「你到底在說什麼啊？」

陣內把臉貼近我及優子，然後說出一句不知所云的話：「人打人無法善了，不過熊打人就沒關係了吧。」

「你的意思是說……」優子被陣內的氣勢所壓，話聲跟著變弱。「你要去打某人嗎？」

「要是突然被熊揍一拳，那傢伙肯定會大吃一驚吧。以那傢伙的見識，絕對不會料想到有熊打人這種狀況。」陣內根本自言自語，而我完全想不到陣內說的「那傢伙」到底是誰，以及陣內他究竟想幹麼。「我並不打算原諒那傢伙。不過若這樣做，我就能跟那傢伙徹底了斷。」說著說著，他把熊頭戴上，我感受不到他的氣息了。

我只知道，陣內趁我及優子被嚇呆之時，迅速離我們遠去。

「這算啥？」優子問我。

「不知道。」我很誠實地回答。「可是，陣內的表現跟平常截然不同，或許相當緊急。」

「是嗎？」

「妳看得見陣內的行動嗎？」

「他穿著熊布偶裝走向舞台另一側，啊……，他好像在追某個人。」

「誰？」

「一個穿西裝的男人，他與一個穿制服的女孩子走在一起。」

「他是什麼人？」
「天曉得。總之，他是跑著追上去的，被熊跟蹤……，這感覺肯定很怪。」
「陣內不是說要去打人？」我雖然感到困惑，仍然說出心裡的擔憂。
陣內的身影跟著那個穿西裝的男人一起消失在舞台後方了。優子問我：「要我去看看嗎？」
「算了吧，我有不好的預感。」想了幾秒，我回答道。
「我有同感。」
優子輕鬆地笑著，我也跟著笑了。我真心認爲陣內非常有趣。
我把吸管含進嘴裡，吸了口杯中的飲料。
平常我在喝飲料前總是會先確認一下氣味或聲音，但我現在的注意力變弱了。除了因爲陣內的神祕行動讓我些許疑惑，再加上舞台上的演奏聽了很舒服，不知何時照到我身上的陽光所帶來的溫暖也讓我鬆懈了。我順從著這種份舒服感，吸了一大口。
然後……我嗆到了。
我邊咳嗽邊向優子抗議。「這不是可樂嗎？」我以爲我拿著冰咖啡。
優子沒有出聲，但她應該樂不可支吧。我覺得身邊蔓延著一股「你上當嘍」的氣氛。
腳邊的貝絲悠然地將前腳擺在我鞋子上，而牠的下巴又靠在牠的前腳上。

周遭的空氣給我一種很悠閒、宛如被羽毛包住的柔軟感觸。我從未見過鳥兒，但我想飛翔在天空的鳥兒一定有同樣的心境。現在的我，或許就是隻遨翔空中的飛鳥。

名為「現在」的此刻或許並未特別到足以名留青史，但對我來說卻是極為特別的時光。我很希望這特別的時光儘可能地長久延續，這樣的想法是否太過天眞呢？

作者後記

我非常感謝事先看過〈銀行〉，並給予我建議的長尾重延先生。雖然我最後寫出了一篇與現實差距非常大的故事，不過長尾先生的建議仍然具有極大的參考價值。

也特別感謝爽快地答應家裁調查官工作採訪，並於採訪後再次幫忙確認過故事內容的武藤俊秀先生。在與他對談過後，使我得以寫出這些與原本預定完全不同的全新故事。

這五篇短篇小說都在雜誌上刊登過，不過我利用這次匯整的機會稍加修改了故事內容。若各位讀者能將這本小說從頭至尾當成一部長篇小說來閱讀，我是再高興不過了。

解說

不只是奇蹟而已

曲辰

於二〇〇二年春天至二〇〇四年初春，伊坂幸太郎在雜誌《小說現代》上陸續發表了五篇短篇，二〇〇三年，〈孩子們〉入圍第五十六回日本推理作家協會獎短篇部門。二〇〇四年《孩子們》成書後隨即入圍第一百三十一回直木獎，二〇〇五年獲得第二回書店大獎第五名。

對很多讀者而言，伊坂的得獎記錄只是證明了他們所鍾愛的確實是個好小說家，但是在一些讀者眼中，伊坂在推理獎項屢獲肯定，卻可能造成他們心頭更大的困擾：他眞的算推理小說家嗎？他寫的眞的是推理小說嗎？

之所以會有這樣的疑惑，多半跟伊坂的小說中少有推理小說讀者習見的「謎團」有關，儘管伊坂有時也竭力製造出比較「正常」的謎團，例如在《奧杜邦的祈禱》中就有一個不可思議的謀殺謎團，但是他並不採取正攻法讓整篇故事都圍繞著謎團進行，而是自顧自地描寫除了命案之外的其他元素。

「謎團」在伊坂的小說中，始終是個獨特的存在。身為一個推理小說家，伊坂所打造出的小說世界裡，那些披掛著密室、不在場證明的紅布條，大剌剌地宣告「這裡是謎團」的物事幾乎從未存在。

但是與其說伊坂不重視謎團，毋寧說他近乎本質性地發現謎團的眞正意涵並不是「眞相被掩蓋了」，而是「眞相以當事人無能理解的方式呈現著」。換言之，謎團並無本體可言，重點是觀察或參與其中的人以什麼樣的角度與位置進入，對於甲而言是困擾終身的謎團，乙卻可能覺得是種常識一樣的明瞭存在。

就好像在〈內在〉中，陣內以永瀨所不熟悉的方式出現、有著不尋常的舉動、聲音也有著微妙的差異，永瀨因此起了疑竇。但之所以會造成疑惑幾乎完全依存於永瀨失明的這個事實，如果永瀨看得到、或是優子在他旁邊代替他的眼睛，所有的謎團就毫無立足點了。

依循著這樣的觀點，伊坂將他的視線投注到極少推理小說家會關心的「少年問題」上，忽略煽情的少年重罪戲碼，伊坂在《孩子們》中只專心一意的著墨在少年「偏差行為」（註一），讓我們看到孩子們爲何會偏離常軌、進入灰色地帶。在追索的過程中，往往能發現，問題其實就只是「成長」這個關鍵點而已。

仔細想想，孩子如何逐漸成長爲大人、大人又如何忽然背棄孩子，即使問經歷過的大人們或許也得不到答案吧，「成長」本身就是個更大的謎團。兩個族群間互相視彼此爲最大的謎團，只是因爲位置不同，對彼此毫不認識而產生的副作用。如果有個超乎常理的人爲兩個似乎水火不容的族群搭起橋梁，那「謎團」將不復存在，而「問題」也絲毫無存了。

於是，伊坂創造了陣內這個角色。

從一般人的眼光看來，陣內這個人完全無視社會的存在，無禮、毫不在意他人、沒有常識、並且自以爲是，面對外界的質疑常以強辯的形式回應，徹頭徹尾是個討人厭的傢伙。但就是這種超出社會的存在，讓陣內可以剝去世俗化的大人外衣，直指孩子們本心並理解他們。

原因就在於他並不是將孩子們視爲「孩子們」，而是「一個又一個的孩子」。將少年們分類是沒有意義的，因爲沒有一個少年會認爲自己跟他人一樣，每個人的身世、心情、感受、經歷都

註一：偏差行爲指涉的是一種偏離社會規範的行爲，稱不上重罪，但在許多理論中視爲重罪的前哨站。

註二：非行少年，指的是做出偏差行爲的少年。

是獨一無二的。這並不是在算數，這邊加一點出來的是二號非行少年（註二）、那邊減一點會出來五號非行少年。這種草率的分類不只是不尊重少年輔導這件事情，更是不尊重少年本身。

陣內曾經說過：「上梁要是夠正，下梁哪會歪掉」，對於這句話，我並不會單純以為只是「家長是孩子的榜樣」這個句子的變形而已，重點在於，大人們用什麼樣的眼光來看待孩子們。這並不是說孩子是大人的縮影或倒影，那是以大人為中心去做出的思考與詮釋，而是當大人完全不把孩子當一回事時，孩子又要如何把大人當一回事、並遵循大人所制訂的行為準則走呢？

如是推演下來，伊坂會讓陣內這個角色有著「天啓式」的直覺也就不令人意外了，因為只有保持最敏銳的感知能力，才能傾聽孩子們的心聲。或許因為陣內曾經是個被大人傷害的孩子，所以在長大成人與父親徹底切割之後，才能保持當年的那種心情，進而面對許多的孩子們。

無獨有偶的，這種排除了社會的眼光，以更為潛層的心智去理解世界的角色不只陣內一人。伊坂塑造了永瀨。能夠聽見「聲音的溫度」、在「如河川的人群中」捕捉到聲音，儘管出生就是個盲人，卻能比身邊的明眼人更快的理解事情的始末，永瀨就是這麼個自出場就帶著濃濃浪漫氣息的迷人角色。與身為本書串場主角的陣內相較，或許更像「偵探」一點。

只是作者賦予他的理性與敏銳儘管足夠應付日常的謎團，卻無能幫助自己調適旁人對待自己的獨特眼光，面對外在過多的關心與同情，只能默默的逼自己承受。唯有如陣內一般的人，才能用乾脆而平常的言語破除圍繞在永瀨心頭的迷障，繼續去面對明天的太陽。

陣內這樣的性格讓他無法成爲優秀的成年人，卻能承擔與少年對話的龐大責任，常人會感到過度壓力的少年輔導工作從未造成他的困擾。就像陣內說的，少年輔導工作本來就是在製造奇蹟，而且往往是除了當事人之外誰都不在乎的小小奇蹟，可是只要有那麼一點微渺的希望，就有可能產生奇蹟。

而如陣內這樣的存在，對這個世界，又豈止是奇蹟而已。

作者簡介

曲辰　大學時實習於少年安置機構，畢業後選擇進入中正大學台灣文學研究所碩士班，認爲閱讀小說與非行少年諮商很像，都是種你不尊重對方就不可能得到些什麼的事情。目前正與論文奮戰中。

伊坂幸太郎作品集05

孩子們
チルドレン

原著書名　チルドレン
作　　者　伊坂幸太郎
翻　　譯　杜信彰
原出版社　講談社
責任編輯　李季穎（一版）、詹凱婷（二版）、陳盈竹（二版）
行銷業務部　徐慧芬、陳玫潾
版權部　吳玲緯、蔡傳宜
編輯總監　劉麗眞
總經理　陳逸瑛
榮譽社長　詹宏志
發行人　涂玉雲
出　　版　獨步文化
城邦文化事業股份有限公司
104台北市中山區民生東路二段141號5樓
電話：(02) 2500-7696　傳眞：(02) 2500-1967
發　　行　英屬蓋曼群島商家庭傳媒股份有限公司城邦分公司
104台北市中山區民生東路二段141號2樓
讀者服務專線：(02)2500-7718；2500-7719
24小時傳眞服務：(02)2500-1990；2500-1991
服務時間：週一至週五　上午09:00～12:00　下午13:00～17:00
讀者服務信箱E-mail：service@readingclub.com.tw
劃撥帳號：19863813　戶名：書虫股份有限公司
香港發行所　城邦（香港）出版集團有限公司
新址：香港灣仔駱克道193號東超商業中心1樓
電話：(852) 25086231　傳眞：(852) 25789337
E-mail：hkcite@biznetvigator.com
馬新發行所　城邦（馬新）出版集團　Cite(M)Sdn Bhd
41, Jalan Radin Anum, Bandar Baru Sri Petaling,
57000 Kuala Lumpur, Malaysia.
電話：(603) 90578822　傳眞：(603) 90576622
email:cite@cite.com.my

城邦讀書花園
www.cite.com.tw

封面插圖　宗誠二郎
封面設計　高偉哲
排　　版　游淑萍
印　　刷　中原造像股份有限公司

初　　版　2007年2月
二版三刷　2020年11月6日
定價　340元
ISBN 978-986-5651-99-2

國家圖書館出版品預行編目資料

孩子們 / 伊坂幸太郎著，杜信彰譯．二版．-- 台北市：獨步文化：家庭傳媒城邦分公司發行，2017〔民106〕
面；　公分．--（伊坂幸太郎作品集：05）

譯自：チルドレン

ISBN 978-986-5651-99-2（平裝）

861.57　　106006225

廣告回函
北區郵政管理登記證
台北廣字第000791號
郵資已付，免貼郵票

104台北市民生東路二段 141 號 2 樓

英屬蓋曼群島商家庭傳媒股份有限公司

城邦分公司

請沿虛線對摺，謝謝！

書號: 1UF003X　　**書名**: 孩子們　　**編碼**:

請於此處用膠水黏貼

讀者回函卡

謝謝您購買我們出版的書籍！

請費心填寫此回函卡，我們將不定期寄上城邦集團最新的出版訊息。

姓名：＿＿＿＿＿＿＿＿＿＿ 性別：□男 □女

生日：西元＿＿＿＿年＿＿＿＿月＿＿＿＿日

地址：＿＿＿＿＿＿＿＿＿＿

聯絡電話：＿＿＿＿＿＿＿＿ 傳真：＿＿＿＿＿＿＿＿

E-mail：＿＿＿＿＿＿＿＿＿＿

學歷：□1.小學 □2.國中 □3.高中 □4.大專 □5.研究所以上

職業：□1.學生 □2.軍公教 □3.服務 □4.金融 □5.製造 □6.資訊

□7.傳播 □8.自由業 □9.農漁牧 □10.家管 □11.退休

□12.其他＿＿＿＿＿＿＿＿

您從何種方式得知本書消息？

□1.書店 □2.網路 □3.報紙 □4.雜誌 □5.廣播 □6.電視

□7.親友推薦 □8.其他＿＿＿＿＿＿＿＿

您通常以何種方式購書？

□1.書店 □2.網路 □3.傳真訂購 □4.郵局劃撥 □5.其他

您喜歡閱讀哪些類別的書籍？

□1.財經商業 □2.自然科學 □3.歷史 □4.法律 □5.文學

□6.休閒旅遊 □7.小說 □8.人物傳記 □9.生活、勵志 □10.其他

對我們的建議：＿＿＿＿＿＿＿＿

＿＿＿＿＿＿＿＿

＿＿＿＿＿＿＿＿

為提供訂購、行銷、客戶管理或其他合於營業登記項目或章程所定業務需要之目的，家庭傳媒集團（即英屬蓋曼群島商家庭傳媒股份有限公司城邦分公司、城邦文化事業股份有限公司、書虫股份有限公司、墨刻出版股份有限公司、城邦原創股份有限公司），於本集團之營運期間及地區內，將以mail、傳真、電話、簡訊、郵寄或其他公告方式利用您提供之資料（資料類別：C001、C002、C003、C011等）。利用對象除本集團外，亦可能包括相關服務的協力機構。如您有依個資法第三條或其他需服務之處，得洽詢本公司服務信箱cite_apexpress@cite.com.tw請求協助。相關資料不提供亦不影響您的權益。

□我已詳讀權利義務之相關條款，並同意遵守。

請於此處用膠水黏貼